천외천의 주인 38

2023년 8월 11일 초판 1쇄 인쇄
2023년 8월 17일 초판 1쇄 발행

지은이 한수오
발행인 강준규

기획 이기헌 왕소현 임동관 박경무 강민구 조익현
책임편집 오영란
마케팅지원 이원선

발행처 (주)로크미디어
출판등록 2003년 3월 24일
주소 서울시 마포구 마포대로 45 일진빌딩 6층
Tel (02)3273-5135 Fax (02)3273-5134
홈페이지 rokmedia.com E-mail rokmedia@empas.com

ⓒ 한수오, 2020

값 9,000원

ISBN 979-11-408-0725-3 (38권)
ISBN 979-11-354-8621-0 04810 (세트)

한수오 신무협 장편소설

38

천외천의 주인

| 마신魔神 |

차례

무적 (1)

엄자성은 완전히 얼어붙었다.

　느닷없이 등장한 조부도 당황스러웠지만, 그 뒤를 따르는 사람들이 더욱 황당했다.

　특히 두 사람, 반백의 노인 하나와 묘령의 여인이 그의 넋을 나가게 만들어 버렸다.

　극도의 혼란으로 아무런 생각을 할 수가 없었다.

　쓸 수 없는 패라고 생각했으나, 죽여도 좋다는 말이 진심이라는 황제의 강변으로 말미암아 이제는 그가 가진 비장의 패가 되어 버린 사람들이 바로 그들이었기 때문이다.

　"다, 당신들이 어떻게 하, 할아버님과⋯⋯?"

　그들은 대답은커녕 아무런 반응도 보이지 않았다.

그저 묵묵히 두 손을 포개며 꾸뻑 고개를 숙이는 포권의 예를 취했는데, 엄자성은 그로 인해 더 어지러운 혼란에 빠졌다.

더 없이 정중한 그들의 공수는 그가 아니라 그의 곁에 서 있는 설무백을 향하고 있었다.

그리고 또 한 사람이 있었다.

최근에 엄정이 학동으로 거두었다는 사내도 설무백을 향해 깊이 허리를 접으며 인사하고 있는 것이 아닌가.

도대체 이게 무슨 도깨비장난이란 말인가!

그때 엄정이 혀를 차며 하는 말이 그의 귓속을 파고들었다.

"긴말할 것 없다. 손수 아비의 복수를 하겠다고 나서는 네 마음이 기특해서 애써 말리지 않았던 이 할아비의 잘못도 실로 크다 하지 않을 수 없으니, 너를 탓하지는 않으마. 대신 어서 짐을 꾸려라."

"예……?"

엄자성은 황망한 중에도 짐을 꾸리라는 말이 어떤 의미인지는 바로 인지했다.

"짐을 꾸리라니요, 할아버지? 제가 왜 짐을 꾸려야 하는 겁니까?"

엄정이 거듭 혀를 찼다.

"복수라는 미명 아래 정도를 걷지 못하는 네가 황상의 곁에 있는 것은 이 할아비가 두고 볼 수 없음이다!"

엄자성은 서서히 냉정을 되찾았다.

그제야 주변이 제대로 보이고, 사태가 조금씩 이해되기 시작했다.

"비공이 부르신 게요?"

설무백은 대답하지 않았다.

그저 뜻 모를 눈빛으로 바라보며 팔짱을 꼈다.

이제 더는 자기 일이 아니라는 방관자의 태도로 보였다.

엄자성은 내심 발끈하고는 고개를 돌려서 엄정을 바라보며 항변했다.

"소손이 언제 정도를 걷지 않았다고 이러시는 겁니까, 할아버지. 저는 이제껏 그런 적이 단 한 번도 없습니다, 할아버지!"

엄정이 탄식했다.

"과연 내 탓이로다. 이 할아비가 실로 너를 올바르게 가르치지 못했구나."

"할아버지!"

엄자성이 답답하다는 듯 언성을 높이자, 엄정이 매섭게 일갈했다.

"감히 황상을 기만했음을 모른다 할 참이더냐!"

"제가 언제……?"

"황궁뇌옥에 갇힌 정정보를 빼돌리기 위해서 사마도와 손잡지 않았더냐!"

"그건 손을 잡은 게 아니라, 단지 황상께 소개를……!"

"이놈!"

엄정이 준엄하게 꾸짖었다.

"어떤 결과가 나오더라도 황상의 결정이니 이제 나는 상관없다! 황상을 돕고 측근이 되려는 자를 황상께 소개한 것뿐이니, 나는 신하된 도리를 했을 뿐이다! 이것이 아니더냐! 되바라진 잔머리로 모든 것을 황상께 떠넘겨 놓고, 이제는 너 자신마저 기만하려 드는 게냐!"

"……!"

엄자성은 더는 항변하지 못했다.

실제로 그런 마음을 가지고 있었기 때문이다.

그러나 그게 뭐가 문제란 말인가?

엄정이 그런 그의 속내를 읽은 듯 한층 더 준엄하다 못해 삼엄한 목소리로 다그쳤다.

"아직도 모르겠느냐! 황상의 눈을 밝게 해 주어도 모자랄 놈이 황상의 눈을 어지럽혀 놓았다! 그날 비공이 그 자리에 나타나지 않았다면 어찌되었을지 한 번이라도 생각해 본 적이 있느냐!"

물론 생각했다. 다만 그는 오히려 그날 비공이 그 자리에 나타났기 때문이 일을 그르친 것이라 생각했고, 지금도 그 생각에는 추호도 변함이 없었다.

엄정의 다그침이 다시 이어졌다.

"이번의 일만 해도 그렇다! 일개 범부에 지나지 않는 네놈이 감히 황상의 흉중을 어찌 짐작한다고 허락도 없이 사병을 조직하고 야인들까지 동원했단 말이더냐!"

엄자성은 참지 못하고 항변했다.

"황명을 수행하기 위해서입니다! 황명을 수행하기 위해서 약간의 편법을 동원한 것이 뭐 그리 잘못이라고 이러시는 겁니까! 내 힘이 달리면 남의 힘이라도 빌려야지요! 빌릴 수 있는 힘이 있는데, 굳이 왜 마다하겠습니까!"

"이놈이 아직도 잘못을 모르고……!"

"그래서!"

설무백이 분기탱천해서 나서는 엄정의 말을 자르며 나섰다.

"성공했나?"

엄정이 실로 침통한 표정으로 한숨을 내쉬며 물러나는 가운데, 엄자성이 발끈해서 설무백을 노려보았다.

그러나 그 어떤 대답도 하지 못했다.

이유 여하를 막론하고 지금 그의 눈에 들어온 상황은 실패인 것이다.

설무백이 그런 엄자성을 냉정하게 직시하며 물었다.

"황명을 위해서 저지른 과오니, 그에 따라 대가를 받겠다. 내가 아는 황상은 성패에 따른 상벌이 그 누구보다도 정확한 분이시다. 하여, 분명 성공하면 상을, 실패하면 벌을 내리기로 천명하셨을 거다. 아니, 그런가?"

엄자성은 지그시 입술을 깨물며 항변했다.

"나는 아직 실패하지 않았소!"

"아니, 너는 실패했다!"

설무백은 단호하게 잘라 말했다.

"네가 주도한 모든 계획과 별개로 지금 너의 목숨은 내 수중에 들어와 있다! 네가 이 자리를 벗어날 수 있다면 아직 기회가 있을지도 모르지! 근데. 그럴 수 있겠냐?"

엄자성은 자신도 모르게 엄정과 같이 나타난 두 사람에게 시선을 주었다.

비장의 패라고 자신하던 자들이었다.

그들이 어떤 사연으로 엄정과 같이 나타났는지는 모르겠으나, 지금이라도 그들이 나서 주기만 한다면 상황이 바뀔 수 있다고 생각한 것이다.

그때 그의 시선을 받은 묘령의 여인이 빙그레 웃으며 말했다.

"그런 눈으로 보지 마요. 애초에 저를 당신에게 보낸 사람이 바로 저분이니까요."

"……!"

엄자성은 절로 눈이 커졌다.

부릅떠진 그의 눈가가 파르르 경련을 일으켰다.

혹시나 하던 기대가 무너지자 돌이킬 수 없는 절망감이 그의 온몸을 휘감고 있었다.

"대체 어떻게……? 당신은 엄연히 흑선궁의 주인이질 않소!"

그랬다.

엄정과 함께 나타난 묘령의 여인은 바로 흑선궁의 궁주인 비접 부약운이었다.

엄자성이 남모르게 준비한 비장의 패는 바로 그녀를 포함한 흑선궁이었던 것이다.

"왜? 어째서? 흑선궁의 주인이 어찌하여 다른 사람의 명령을 듣는다는 거요?"

부약운이 실소했다.

"우물 안 개구리가 따로 없네요. 이렇게나 설 대협을 몰랐다니 정말 놀랍기까지 하네요. 황궁에도 설 대협에 대해서 아는 사람이 적지 않을 텐데, 어찌 그렇게나 모를 수 있는 거죠? 하다못해 육선문의 사람들에게 물어봐도 바로 알 수 있었을 텐데……? 혹시 그냥 관심이 없었던 건가요?"

엄자성은 대답 대신 새삼 지그시 입술을 깨물었다.

모르는 게 아니었다. 무시해 버린 거였다.

대내무반의 선두를 다투는 창공과 전 금군대교두 공손벽의 말을 듣고도 그는 외면했었다.

그들의 말은 그저 대내무반의 위상을 높이려는 수작에 불과하다고 치부했었다.

부약운이 불쌍하다 못해 애처롭다는 표정으로 그를 바라보았다.

그런 그녀를 대신하듯 옆에 서 있던 노인, 바로 흑선궁의 부궁주이기 이전에 작고한 사왕 부금도의 사촌동생인 그녀의 외숙부, 삼안일도 부적산이 말했다.

"이렇게 말하면 조금 감이 올지도 모르겠소. 단언컨대 작금의 강호무림에서 설 대협의 말을 무시할 수 있는 사람은 존재하지 않소. 그 어떤 거대 세력을 부리는 사람도 설 대협의 눈치를 봐야 하오. 설 대협이 나서면 그의 세력이 한순간에 물거품처럼 사라질 테니까. 실례로 설 대협이 없었으면 우리 흑선궁도 없었소."

엄자성은 한 방 맞은 것 같았다.

말을 듣고도 이해하기가 쉽지 않아서 황당하기 짝이 없는 것이다.

부약운이 끌끌 혀를 차며 그런 그의 태도를 비판했다.

"아무래도 당신은 머리가 너무 좋은 모양이네요. 그래서 그게 어떤 일이든 다른 내막이나 음모가 있을 거라고 의심하며 있는 그대로 받아들이지 못하는 거죠. 분명 몽고군이 물러간 이유를 들었을 텐데도 이렇듯 무지한 것을 보니 말이에요."

엄자성은 이제야말로 전신의 맥이 풀리는 것을 느끼며 털썩 무릎을 꿇었다.

분하게도 부약운의 지적이 엄연한 사실인지라 허탈감이 몰려와서 그대로 서 있을 수가 없었다.

공야무륵이 그 순간에 움직여서 그의 뒷목을 수도로 내리쳤다.

내력이 깃듯 손 속은 아니었으나, 그걸 감당할 수 있는 힘이 엄자성에게는 없었다.

엄자성은 그대로 앞으로 고꾸라졌다.

혼절이었다.

엄정이 그런 엄자성을 일별하며 설무백을 향해 고개를 숙였다.

"감사드리오, 비공. 이 은혜는 가슴에 새겨두고 절대 잊지 않으리다."

설무백은 어색한 미소를 흘리며 쓰러진 엄정을 바라보았다.

"자신이 바라는 목적을 위해서는 수단과 방법을 가리지 않는 성격이네요. 외람된 말씀이나 실로 많이 가르치셔야 할 것 같습니다. 저보다 더 잘 아실 테지만, 황상은 이런 성격을 극히 아껴서 벌을 내릴지는 몰라도 그대로 내치시지는 않을 테니까요."

엄정이 거듭 고개를 숙였다.

"어디 이르다 뿐이오. 다른 사람은 다 기만해도 노부를 기만하지는 않을 테니, 올곧게 제대로 교육시키도록 하겠소이다."

설무백은 미소를 지으며 묵묵히 고개를 끄덕이는 것으로 대답을 대신했다.

엄정이 재차 고개를 숙여 보이고는 동행한 사내들 중 하나를 바라보았다.

사내가 재빨리 나서서 바닥에 쓰러진 엄자성을 어깨에 들쳐

멨다.

"그럼 이 늙은이는 이만 가 보겠소. 설 장군께도 고맙다고는 말 꼭 전해 주시오."

"예, 알겠습니다."

거듭 고개를 숙여 보이는 것으로 작별을 고한 엄정이 엄자성을 어깨에 들쳐 멘 사내와 함께 장내를 떠났다.

설무백은 그들의 인기척이 사라지기를 기다렸다가 대청의 창문을 바라보며 말했다.

"됐지?"

창문이 스르르 열렸다.

그리고 시커먼 복장을 한 털보장한 하나가 고슴도치 수염이 삐쭉거리는 얼굴로 히죽 웃으며 안으로 들어왔다.

왕인이었다.

"저야 뭐 아나요. 그저 장군님의 말씀만 소주께 전해 드렸을 뿐인 걸요 뭐."

설무백은 픽 웃으며 물었다.

"그나저나, 아버님은 대체 어떻게 황궁 돌아가는 사정을 알고 내게 왕 아재를 보내서 누구를 살려라 마라 하신 거야?"

왕인이 자못 음충맞게 웃었다.

"흐흐, 소주가 잘 몰라서 그렇지 아직도 황궁 내에는 장군님의 복심을 자처하는 애들이 수두룩 빽적지근하게 많거든요. 흐흐흐……!"

설무백은 못내 쓰게 입맛을 다셨다.

"덕분에 번거롭게 됐네. 그냥 다 싹 쓸어버리고 했는데 말이야."

왕인이 두 눈을 크게 떴다.

"그건 아까 말씀하신 것과 다르잖아요? 폐하의 흉중을 읽으셔서 싸움을 피하시려고 했던 거 아니었습니까?"

설무백은 자못 냉담해져서 말했다.

"그분의 흉중을 읽은 건 읽은 거고, 내 행동은 내 마음이야. 자꾸 이러면 곤란하지. 이런 식으로 나를 시험하는 것은 마음속 어딘가에는 나에 대한 거부감이나 걱정이 있다는 뜻이니까 다시는 이런 시험 엄두도 내지 못하게 만들어 드리려고 했지."

왕인이 꿀꺽 소리가 나도록 침을 삼켰다.

"이 세상천지에 황상을 두고 그렇게 말하는 사람은 소주밖에 없을 겁니다. 저는 듣고 있는 것만으로도 가슴이 오싹하고 등줄기가 다 서늘해지네요."

설무백은 대수롭지 않게 말을 받았다.

"그분도 두려워하는 게 하나쯤은 있어야 해. 안 그러면 너무 막 나가실 성격이라서 안 돼."

왕인이 새삼 마른침을 삼키며 물었다.

"그래서 이제 어쩌시려고요?"

설무백은 자리를 털고 일어나며 말했다.

"가벼운 경고 정도는 해 드리는 게 도리겠지."

왕인이 반사적으로 물었다.

"어떻게요?"

"여차하면 파국이고……."

설무백은 단호하게 잘라 말했다.

"심하면 그 자리의 주인이 바뀔 수도 있다는 의심 정도는 하게 해 드릴 생각이야!"

제독동창 조위문도 호부상서 엄자성과 마찬가지로 평소보다 훨씬 늦은 시간인 자시(子時 : 오후 11시~오전 1시)가 넘어서야 퇴청해서 집으로 돌아갔다.

엄자성을 비롯해서 이번 계획의 핵심 인물들과 함께 전체적인 계획을 점검하고 일부 계획을 수정하는 방안을 모색하느라 퇴청이 늦어진 것이었다.

그리고 그 역시 거처로 들어서자마자 무언가 일이 틀어졌다는 사실을 알게 되었다.

그의 거처는 엄자성의 거처와 달리 도심에 있지 않았다.

궁성의 북동쪽 담과 인접해서 자리한 동창의 본거지인 금불사의 후미진 구석에 자리한 별채가 그의 거처인 것이다.

그런데 평소와 달리 문 앞을 지키는 번역이 없었고, 주변을 지키는 번역들도 보이지 않았다.

절대로 있을 수 없는 일이고, 절대로 있어서도 안 되는 상황이었다.

조위문은 늘 그렇듯 자신의 뒤를 그림자처럼 따르는 두 명의 심복, 소위 일급당두라 불리는 역장(役長)들인 일소(日燒)과 월동(月凍)에게 나직이 지시했다.

"경계해라."

일소와 월동이 이미 심상치 않은 상황을 간파한 듯 그의 명령과 동시에 칼을 뽑아 들었다.

조위문은 그제야 잠시 멈추었던 발걸음을 옮겨서 낮은 울타리로 구획되어 있는 별채의 정원으로 들어섰다. 그리고 일순 발걸음을 멈추고 그 자리에 섰다.

정원 안쪽에 오와 열을 맞추어서 쓰러져 있는 예닐곱 명의 번역들과 그 뒤쪽인 별채의 대청마루에 앉아 있는 적포노인 하나가 그의 시선에 들어왔던 것이다.

조위문은 당황했다.

분명 별채의 문을 지나서 정원으로 들어설 때만해도 적포노인은 그 자리에 없었다.

적포노인은 그가 별채로 들어서는 사이에 모습을 드러냈다는 뜻이었다.

'고수!'

조위문은 잠시 말을 잊고 장내의 상황을 살펴보다가 의문에 가득한 눈빛을 적포노인에게 던졌다.

일소와 월동이 그 순간에 앞으로 나섰다.

"웬 놈이냐?"

적포노인이 삼엄한 눈빛을 희번덕거렸다.

"너희들 같은 애송이 따위는 내 이름을 알 자격도 없다. 살고 싶으면 괜히 나대지 말고 그 자리에 죽치고 앉아 있어라."

"감히……!"

일소와 월동이 발끈하며 반사적으로 튀어나갔다.

오랜 숙련의 결과로 사전에 합을 맞춘 것처럼 적포노인의 좌우로 쇄도해 들어가는 그들의 공격은 실로 눈부시게 빨랐다.

"이런 버르장머리 없는 녀석들을 보았나!"

적포노인이 낮은 투덜거림과 동시에 반응했다.

뒤늦은 반응으로 보였으나, 실제는 전혀 그렇지가 않았다.

말과 동시에 들린 그의 두 손이 쇄도하는 일소와 월동을 향해 뻗어지는 순간, 소리도 없고, 보이지도 않는 무형의 강기가 뻗어졌다.

"……!"

일소와 월동은 보이지는 않지만 무언가가 자신들을 향해 뻗어 온다는 것을 느끼고, 쇄도해 가던 방향을 옆으로 틀며 본능적으로 수중의 칼을 쳐들어서 휘둘렀다.

방어였다.

그러나 소용없었다.

퍽—!

적포노인의 손에서 뻗어진 무성의 강기는 일소와 월동이 휘두른 칼보다 먼저 그들의 가슴을 강타하며 둔탁한 소음을 일으켰다.

그것으로 끝이었다.

일소와 월동은 칼을 휘두른 차세 그대로 뻣뻣하게 굳어져서 스르르 앞으로 고꾸라졌다.

마치 단칼에 베어진 대나무가 쓰러지는 듯이 보이는 모습이었다.

조위문은 절로 마른침을 삼켰다.

일소와 월동은 동창의 일급당두들 중에서도 손에 꼽히는 고수들로, 강호무림의 일류고수를 능가하는 수준이었다. 그런 고수들이 고작 적포노인의 가벼운 손짓 한 번에 생사불명으로 쓰러져 버린 것이다.

적포노인이 그런 그의 속내를 읽은 듯 히죽 웃으며 말했다.

"죽이진 않았으니, 걱정 마라. 물론 저 아이들도 그렇고. 선량한 주군을 섬기니, 요즘은 손도 마음대로 못 써요, 내가. 그보다 네가 제독동창이라는 조 아무개가 맞느냐?"

"그렇소. 내가 제독동창 조위문이요."

조위문은 바로 답변해 주고는 재우쳐 물었다.

"그러는 귀하는 누구요?"

적포노인이 히죽 웃으며 대답했다.

"사실 너도 내 이름을 알 자격이 있는지는 모르겠다만, 우리 선량한 주군께서 우선은 예의를 차리라고 했으니 이름은 몰라도 신분은 밝히도록 하마. 노부는 너희들이 비공이라 부르는 설무백, 설 공자님의 종복이니라. 됐냐?"

조위문은 의문이 가득한 눈빛으로 적포노인을 직시하며 발끈했다.

"지금 나를 기만할 셈이요? 비공의 수하 중에 당신 같은 사람이 있다는 것은 본 적도, 들은 적이 없소!"

"큭큭……!"

적포노인은 문득 기괴한 웃음을 흘리고는 재미있다는 반응을 보였다.

"귀도 그렇지만 눈도 그리 믿을 게 못 되니 너무 믿지 마라. 너는 분명 노부와 대면한 적이 있음에도 불구하고 이렇게 몰라보지 않느냐. 큭큭큭……!"

"내가 언제 당신을 만났다고……!"

조위문은 거듭 발끈하다가 흠칫했다.

대청마루에 앉아 있던 적포노인이 불쑥 자리를 털고 일어나서 앞으로 나섰기 때문이다.

그제야 그는 적포노인의 정체를 알아보았다.

대청마루의 그늘에 앉아 있을 때는 몰랐으나, 달빛 아래 모습을 드러낸 적포노인의 전신이 붉은 안개와도 같은 기류에 휩싸여 있었다.

비록 얼굴은 모르지만, 이와 같은 모습을 본 적이 있다는 사실이 기억난 것이다.

"혀, 혈뇌사야!"

적포노인, 혈뇌사야가 대수롭지 않게 어깨를 으쓱이며 말했다.

"주군께서 네게 용무가 있다고 하시는구나. 그냥 순순히 따라나설 테냐, 아니면 추하게 끌려갈 테냐?"

조위문은 반사적으로 서너 발짝 물러나서 칼을 뽑아 들며 삼엄하게 대꾸했다.

"여기는 동창이고, 본인은 동창의 수반인 제독동창이오! 설령 비공이 직접 왔어도 여기서는 본인을 끌어낼 수 없소!"

혈뇌사야가 쓰게 입맛을 다셨다.

"하여간 예나 지금이나 좋은 말로 하면 다 이래요. 당최 말을 안 들어 처먹어."

그리고 히죽 웃었다.

"아무려나, 네 태도를 보니 주군의 말씀이 사실인 모양이구나. 구린내가 나도 아주 많이 난다."

말이 끝나기도 전에 혈뇌사야의 신형이 흡사 빙판을 미끄러지는 것처럼 주룩 다가섰다.

조위문은 반사적으로 칼을 휘둘렀다.

꽈릉―!

뇌성이 울고, 벼락이 떨어졌다.

쇄도하는 혈뇌사야를 비스듬한 사선으로 베어 가는 조위문의 칼질, 일왕쌍성삼신사마로 대변되는 천하십대고수 중 삼신의 하나인 포아자의 뇌정신도였다.

혈뇌사야가 막지도 피하지도 않고 그대로 쇄도해서 칼을 맞았다.

정작 뇌정신도를 펼친 조위문조차 당황하는 그 순간, 혈뇌사야가 핏물로 화해서 흩어졌다.

혈가 최고의 비기인 사망혈사공이었다.

"헉!"

조위문은 크게 당황하며 뒤로 물러났다.

그런 그의 두 발을 무언가가 잡아당겼다.

순간적으로 그의 두 발이 종아리까지 땅에 박혔다.

"익!"

조위문은 본능처럼 칼끝을 내려서 발치를 찔렀다.

그리고 칼끝이 땅속을 파고드는 순간과 동시에 그대로 얼음처럼 굳어져 버렸다.

피로 뭉친 그림자처럼 혈인의 모습인 혈뇌사야가 어느새 그의 등에 손을 대고 서 있었다.

순식간에 점혈당해 버린 것이다.

"이게 너희들 대내무반의 약점이다. 사마이공을 대해 본 적이 없어서 이렇듯 간단한 술수에도 속수무책으로 당하지 않느냐."

혈뇌사야는 작대기처럼 굳어진 조위문을 짐짝처럼 거칠게 어깨에 짊어졌다.

"아무려나, 우리 선량한 주군께 감사해라. 주군의 당부만 아니었으면 네 목숨은 말할 것도 없고, 이곳에서 내일 아침 볼 수 있는 것은 잿더미밖에 없었을 테니까."

조위문은 아무런 대꾸도 할 수가 없었다.

어느새 아혈마저 제압당한 것이다.

혈뇌사야는 그런 조위문과 함께 흡사 촛불이 꺼지듯 그 자리에서 사라졌다.

⁂

같은 시각, 전 금군대교두이자, 대내무반의 최고수로 알려진 금의위 중랑장 무적초자 공손벽도 호부상서 엄자성이나 제독동창 조위문처럼 초대하지 않은 손님을 마주하고 있었다.

강철봉이 한쪽 다리를 대신하고, 검은 안대로 한쪽 눈을 가린 독안의 백포노인이었다.

"철각사라고 하오."

공손벽은 대답을 뒤로 미룬 채 측면의 마루를 바라보았다.

그의 거처는 궁성과 가까운 중앙대로를 끼고 안쪽에 자리 잡은 아담한 사합원 주택이었다.

독신인데다가 등청과 퇴청의 시간을 줄이려는 목적과 평소

번잡스러운 것을 싫어하는 성격이 반영된 거처였는데, 직책상 어쩔 수 없이 항상 네 명의 위사가 경계를 서고 있었다.

그런데 지금 그 네 명의 위사가 측면의 마루에 줄지어 쓰러져 있는 것이다.

"죽은 거요?"

"아니오. 제가 모시는 분께서 부득의한 경우가 아니라면 살생은 금하라 하셨소."

공손벽은 그제야 조금 누그러진 표정으로 철각사를 바라보며 다시 물었다.

"비공께서 보내신 거요?"

철각사가 짧게 대답했다.

"그렇소."

"과연……!"

공손벽은 웃는 낯으로 감탄했다.

"명불허전이오. 내심 어쩌면 시작도 못해 보고 끝날 수도 있다고 생각했었는데, 역시나 이렇게 되었구려."

철각사가 가만히 고개를 끄덕이며 말했다.

"이미 짐작하니, 대화가 편하겠소. 어떻게? 조용히 따라나서겠소?"

공손벽은 피식 웃었다.

"그럼 너무 싱겁지 않소?"

철각사가 가볍게 따라 웃으며 고개를 끄덕였다.

"그럴 줄 알았소."

공손벽은 대번에 예리한 눈빛으로 변해서 한손을 비스듬히 앞으로 내미는 태세를 갖추며 말했다.

"병기를 뽑으시오."

철각사가 두 손을 내밀어서 펼쳐 보였다.

"나 역시 두 손으로 모시겠소."

공손벽은 일순 긴장했다.

두 손을 내보이며 바라보는 철각사의 눈빛이 놀랍도록 고요했기 때문이다.

'고수다!'

철각사가 그 순간에 움직였다.

쿵―!

철각사의 발이 무겁게 땅을 찼고, 그의 신형이 빛살처럼 **빠**르게 쇄도해 들었다.

우우우웅―!

단지 쇄도하는 속도만으로 그들의 사이의 공기가 눌리고 압축되는 소리가 울렸다.

공손벽은 적이 당황하며 뒤로 몸을 날렸다.

와중에 내밀어진 그의 두 손이 수십 개의 손 그림자를 만들어서 그물을 쳤다.

츠르르르륵―!

철각사의 두 손이 직선으로 뻗어 와서 그가 만든 손 그림자의 그물을 찢어 버렸다.

공손벽은 거듭 뒤로 몸을 날렸다.

이번에는 미처 방어에 나설 여유조차 없었다.

본능처럼 내민 그의 손을 철각사의 손이 옆으로 걷어 냈다. 그리고 그가 밀려난 손을 당길 사이도 없이 철각사의 손이 그의 가슴을 쳤다.

퍽-!

공손벽은 신음을 억누르며 다른 한 손을 내밀어서 다시 다가올 공격에 대비했다.

그러나 철각사의 공격은 빨라도 너무 빨랐다.

철각사의 손은 벌써 그가 내미는 손을 지나서 그의 가슴에 달라붙고 있었다.

그리고 보면 애초에 선공을 놓친 것이 너무나도 후회스러워서 미칠 지경인데, 후회는 아무리 빨리 해도 늦다.

타닥-!

공손벽의 가슴에 두 번의 타격이 연속으로 가해졌다.

"크으······!"

공손벽은 절로 신음을 흘리며 물러났다.

사실은 튕겨진 것이었다.

하지만 철각사와의 거리는 조금도 벌어지지 않았다.

그가 물러난 거리만큼 철각사가 다가섰기 때문이다.

그다음은 정신을 차릴 수가 없었다.

타다다다닥―!

순간적으로 콩 볶는 소리가 터졌다.

철각사의 오른쪽 손바닥이 그의 가슴을 치고, 그 뒤로 다가온 왼쪽 팔꿈치가 그의 명치에 꽂혔으며, 그 서슬이 다시 물러나는 그의 턱과 가슴, 옆구리에 철각사의 주먹과 어깨, 무릎이 연달아 박혀 들었다.

공손벽은 감히 막거나 피할 엄두조차 내지 못한 채 밀려나가며 신음했다.

그런 그에게 결정타가 날아왔다.

볼 수는 있으나 막을 수는 없는 철각사의 손이, 정확히는 엄지와 검지 사이의 날이 그의 목을 노리고 있었다.

쐐애액―!

절로 질끈 눈을 감아 버린 공손벽의 귓가로 칼날이 휘둘러지는 것보다 더 날카롭게 들리는 파공음이 파고들었다.

하지만 우습지 않게도 아무런 타격은 없었다.

공손벽은 슬며시 눈을 떴다.

철각사의 손날은 그의 목 한 치 앞에 멈추어져 있었고, 이내 그에게서 멀어졌다.

공손벽은 참았던 고통과 스스로도 이해할 수 없는 안도감에 다리가 풀려서 털썩 주저앉았다.

그 상태로, 그는 철각사를 바라보며 물었다.

"당신 같은 고수는 들어 본 적이 없소. 부디 이 사람의 안계를 넓혀 주시겠소?"

철각사가 잠시 머뭇거리다가 희미하게 웃으며 대답했다.

"아는지 모르겠으나, 때로는 석정으로, 때로는 고정산으로 불리던 사람이오."

공손벽은 절로 두 눈을 부릅떴다.

고정산이라는 이름은 몰라도 석정이라는 이름은 평생을 대내무반에서만 살아온 그도 귀가 따갑도록 들어서 익히 잘 알고 있었다.

천하제일고수 무왕 석정!

그 사람, 무왕 석정이 다시 말했다.

"가시겠소?"

공손벽은 거부할 수 없었다.

이를 악물고 고통을 참으며 일어난 그는 더 없이 정중히 공수하며 고개를 숙였다.

"손 속에 사정을 두어서 감사하오!"

대내무반의 최고수라는 금의위 중랑장 공손벽은 그렇게 강제 없이 혼절하지 않고 나선 첫 번째 사람이 되었다.

공손벽과 마찬가지로 별다른 강제 없이 순순히 불청객을 따라나선 두 번째 사람은 동창의 장형천호이기 이전에 소림속가 제일인인 패검이룡 종리매였다.

예고도 없이 그의 거처를 방문한 불청객이 다름 아닌 검노로 다시 태어난 무당마검 적현이었기 때문이다.

"저, 적현 노사님……?"

북경 순천부 동쪽의 이부정가(吏部正街)에 자리한 종리매의 거처인 아담한 저택의 앞마당이었다.

종리매는 죽립을 깊게 눌러쓴 자객의 기습적인 공격을 피해서 물러나다가 엉덩방아를 찧은 채로 두 눈을 부릅떴다.

서너 수만에 자신의 목을 겨누는 검극보다 죽립 아래로 드러난 적현자의 얼굴이 그를 더욱 충격에 빠트린 것이다.

"적현자는 이미 오래전에 죽었다."

검노가 죽립을 뒤로 넘겨서 얼굴을 드러내며 단호한 어조로 종리매의 말을 정정해 주었다.

"여기 있는 노부는 그저 주인을 모시는 일개 종복인 검노일 뿐이다."

종리매는 이제야말로 모든 계획이 수포로 돌아갔음을 직감하며 허탈한 표정이 되었다.

"얼핏 얘기는 들었지요. 하지만 검노께서 이런 일에 나설 줄은 정말 몰랐습니다."

"종복이 되고 보면 일을 가려서 할 수는 없는 법이지."

"살기를 접으신 것을 보니, 저를 죽이러 오신 것 같지는 않군요."

"죽일 수도 있다."

살기가 비등했다.

종리매는 쓰게 웃으며 물었다.

"죽지 않으려면 제가 어떻게 해야 하는 겁니까?"

검노가 말했다.

"굴복하고 순순히 노부를 따라나서면 된다."

종리매는 잠시 뜸을 들이다가 말했다.

"이번 일은 육선문의 일원인 저의 개인적인 임무일 뿐, 소림과 아무런 관련이 없음을 알아주셨으면 합니다."

검노가 픽 웃었다.

"우리 젊은 주인이 말하길 장막에 가려진 육선문의 무상은 아마도 종리매, 너일 거라고 하더니만, 그게 사실인 모양이구나."

종리매는 인정도 부정도 하지 않고 새삼 쓰게 웃었다.

그게 그의 인정이었다.

검노가 그제야 살기를 거두며 종리매의 목을 겨누고 있던 검을 회수했다.

"노부 역시 무당을 떠난 몸이니 다른 걱정은 말거라."

종리매는 씩 웃는 낯으로 고마움을 대신하고는 자리를 털고 일어나며 말했다.

"그나마 다행입니다만, 그래도 걱정은 됩니다. 황상의 진노가 예상되거든요. 아무리 봐도 이번 일은 하신 말씀처럼 그저 단순한 시험으로 보이지 않았습니다."

검노가 웃었다.

"그것도 괜찮다. 노부의 젊은 주인도 이번 일로 적잖이 화가 난 것 같으니까."

종리매의 안색이 살짝 굳어졌다.

"이번 일에 관련된 모든 인물이 저처럼 감당하기 어려운 불청객을 맞이했을 거라는 사실은 알겠습니다만, 단지 그것으로 끝나지는 않는다는 말씀이시겠죠?"

"그거야 당연한 일이고……."

검노가 다시 죽립을 눌러쓰고 돌아서며 대답했다.

"그 외에 무슨 생각을 하는지는 노부도 짐작할 수 없으니, 더는 묻지 말고 따라 나서라. 너도 짐작하겠지만 본디가 쉽게 속을 드러내지 않는 인물이 아니더냐."

종리매는 바로 검노의 뒤를 따르긴 했으나, 더는 묻지 말라는 말은 듣지 않고 입을 열다가 이내 다시 다물었다.

집의 대문을 나서는 그들의 앞으로 두 사람이 다가왔기 때문이다.

정확히는 네 사람이었다.

두 사람 다 저마다 축 늘어진 사람을 어깨에 짊어지고 있었던 것이다.

종리매는 대번에 그들을 알아볼 수 있었다.

검노를 향해 고개를 숙이는 그들, 두 사람은 전날 그도 안면을 익힌 제연청과 사도였다.

그리고 그들의 어깨에 짊어진 채로 눈만 깜박이고 있는 두 사람은 바로 동창의 내람첩형 당소기와 외람첩형 곽승이었다.

종리매는 못내 당황하며 물었다.

"대체 어느 선까지 제압하시는 겁니까?"

검노가 어깨를 으쓱하며 대답했다.

"동창은 쟤들 선까지로 알고 있다."

"금의위는요?"

"대충 중랑장까지는 얘기를 들었는데, 그 아래 어느 선까지인지는 노부도 모른다."

종리매는 반신반의하는 표정으로 변해서 검노를 바라보았다.

"혹시 군부도……?"

검노가 발길을 재촉하며 대수롭지 않게 대답했다.

"그쪽은 사사무가 지휘하는 이매당의 매자들이 나섰다."

종리매는 절로 두 눈이 커져서 꿀꺽 소리가 나도록 마른침을 삼키며 말했다.

"이 정도면 반역모의(叛逆謀議), 역모로 몰릴 수도 있습니다!"

검노가 태연하게 대구했다.

"그래서 내가 말했잖아. 우리 젊은 주인도 적잖이 화가 난 것 같다고. 그 성격에 역모를 꾀하지는 않을 테지만, 그 정도로 화가 났다는 걸 보여 주고 싶은 모양이지."

"아무리 그래도……!"

"그래도 돼!"

검노가 발길을 멈추고 돌아서서 싸늘해진 눈빛으로 종리매를 직시하며 차갑게 덧붙였다.

"네가 황궁의 밥을 얻어먹더니 강호무림의 법도는 까맣게 잊은 모양이구나! 복수는 돌이킬 수 없는 의무이고, 하나를 주면 열로 되갚아 주는 게 강호무림의 철칙이다! 노부는 이 정도도 우리 젊은 주인이 많이 참는 거라고 본다!"

"……!"

종리매는 꿀 먹은 벙어리가 되었다.

검노의 말이 엄연한 사실임을 그도 익히 잘 알고 있는 것이다.

검노가 그런 그를 향해 차가운 미소를 보이고는 매몰차게 돌아서며 발길을 재촉했다.

"잔소리 말고 따라오기나 해!"

종리매는 그제야 지금 자신의 실태를 깨달고 종종걸음으로 뒤따르며 물었다.

"어디로 가는 겁니까?"

"어디를 가긴!"

검노가 싸늘하게 잘라 말했다.

"당연히 궁성으로 가는 거지!"

궁성, 바로 황성은 전에 없이 철통같은 경계가 펼쳐져 있었다.

평소와 달리 금의위의 백호장과 그 이상의 군관이 이백여 명이나 동원되었고, 동창의 정예들도 수백 명이나 배치되었으며, 요소요소에는 삼절가인 하화를 비롯한 천군의 칠공신과 예하의 고수들도 매복해 있는 상태였다.

말 그대로 철옹성이 따로 없는 것이다.

그러나 지금 열 포졸이 한 도둑 못 잡는다는 전대의 고사가 실현되고 있었다.

그것도 도둑은 하나가 아니었다.

눈에 드러난 인원만 무려 세 명이었다.

설무백을 위시한 공야무륵과 철면신이 바로 그들이었다.

하물며 설무백은 누가 봐도 별반 각별한 은신술을 펼치고 있는 것 같지 않았다.

대신에 빨랐다.

벽과 벽, 건물과 건물 사이의 그늘만을 이용해서 이동하는 그의 움직임은 그야말로 소리 없는 바람과 다름없었다.

게다가 그가 이동하는 곳은 정확히 주변의 경계가 볼 수 없는 사각이었다.

설무백이 펼친 감각의 그물에는 주변의 모든 경계가 눈으로 보는 것처럼 환하게 느껴졌기 때문이다.

그 바람에 그의 뒤를 따르는 공야무륵과 철면신도 전혀 거침이 없었다.

그저 뒤처지지 않고 그의 뒤만 따르면 그만이었다.

물론 그마저 절대 쉬운 일은 아니었으나, 적어도 그 정도는 되는 고수들이 그들이었다.

그뿐 아니었다.

그들이 지나간 이후, 지근거리에서 경계를 서던 자들이 차례대로 돌처럼 굳어지고 있었다.

요미와 흑영, 백영이 주변의 경계들을 제압하며 그들의 배후를 따르고 있는 것이다.

그렇게 반각이었다.

바람이 부는 것처럼, 물이 흐르는 것처럼 거침없이 나아가던 설무백의 발길이 멈춘 곳은 바로 황제의 집무실인 건청궁의 뜰이었다.

뜰 앞에 선 설무백은 내심 감탄했다.

황성으로 잠입한 이후 처음으로 자신의 기척을 감지한 존재가 있음을 알았기 때문이다.

설무백은 암중에 웅크리고 있던 상대를 바로 알아보았다.

"역시 위국공이시네요. 황궁에 누가 있어 저를 알아볼까 했는데, 깜빡 위국공을 망각하고 있었네요."

과연 위국공이었다.

설무백의 말이 끝나기 무섭게 건청궁의 처마 아래 그늘에서 전장에 나서는 장군처럼 성장을 차려입고 손에는 석년에 사용하던 병기인 사모창(蛇矛槍)을 든 선풍도골의 노인, 위국공이 겸연쩍게 웃는 모습으로 나타났다.

"이런 변이 있나. 폐하의 계획은 고사하고, 동창과 금의위, 천군의 정예들을 뚫고 들어오는 비공을 기습하겠다는 이 늙은이의 포부마저 수포로 돌아가 버렸네 그려."

설무백은 가만히 웃는 낯으로 정중히 공수했다.

"그간 적조했습니다."

위국공이 새삼 멋쩍은 표정을 지으며 웃었다.

"이런 자리에서 이런 모습으로 그런 인사를 받자니 정말이지 민망하기 짝이 없네그려. 그보다 어쩌면 이럴 수도 있다고 생각은 했지만, 막상 닥치고 보니 매우 당황스럽군."

그는 입가의 미소를 한층 더 짙게 드리우며 기꺼운 마음을 더욱 표현했다.

"비공이라면 능히 폐하의 흉중을 읽고 이렇게 싸움을 피할 줄 알고 있었네. 과연 비공이야. 허허허……!"

설무백은 웃는 낯으로 고개를 저으며 부정했다.

"아닙니다. 위국공께서 생각하시는 것과는 조금 다를 겁니다."

위국공이 어리둥절해했다.

"다르다니? 이렇듯 은밀히 폐하를 배알하러 와 놓고선 무엇이 다르다는 건가?"

설무백은 냉정한 듯 무심하게 대답했다.

"오늘 저는 폐하의 기분을 맞추러 온 것이 아니라, 따지러 온 것입니다."

위국공이 그건 이해한다는 표정으로 고개를 끄덕이며 어색한 웃음을 흘렸다.

"설 장군의 처우에 대한 것이라면……!"

"부디!"

설무백은 냉담해진 기색으로 말을 끊었다.

"그 일도 그렇고, 이번 일도 그렇고, 가볍게 말씀하지 말아주시길 바랍니다!"

"……!"

위국공의 안색이 변했다.

"비공이 무언가 단단히 오해한 모양이군그래. 설 장군의 처우에 대한 것을 말하자면 폐하께서는 비공이 나서서 처리할 것임을 익히 예상하고 계셨네. 또한 오늘의 일 역시 폐하께서는 방금 전 이 늙은이가 말했다시피 비공이 싸움을 피할 것이라고 익히 예상하셨고 말일세. 해서, 폐하께서는……!"

설무백은 슬쩍 한손을 들어서 위국공의 말문을 막으며 자못 냉담하게 말했다.

"세상에 그보다 편한 것이 없지요. 제 아버님의 경우도 그렇고, 오늘 저의 경우도 그렇고, 폐하의 예상은 그저 예상일 뿐, 정해진 현실이 아닙니다. 소의 귀에 걸면 귀걸이가 되고, 코에 걸면 코걸이가 되는 거지요."

위국공이 실로 당황했다.

"비공, 그 무슨 말도 안 되는 얘기인가! 그건 오해일세! 폐하께서는……!"

"위국공마저 속이신 겁니다."

"……!"

설무백의 한마디에 위국공의 눈빛이 크게 흔들렸다.

그러다가 이내 부정했다.

"그럴 리가 없네!"

설무백은 냉담하게 말했다.

"위국공의 말씀이 옳다면 제가 속이 좁아서 하해와 같은 폐하의 흉중을 제대로 읽지 못한 것일 테지요. 하지만 저는 절대 위국공의 의견에 동의할 수 없습니다."

"비공!"

"그러니 위국공께서는 지금 저를 막으셔야 할 겁니다. 속 좁은 제가 이대로 폐하를 만나 무슨 짓을 저지를지 모르니까요."

위국공이 딱딱하게 굳어진 얼굴에 일그러진 눈빛으로 바라보며 물었다.

"실로 진심인가?"

설무백은 단호하게 대답했다.

"물론입니다!"

위국공이 어색하게 들고 있던 수중의 사모창을 돌려서 창대의 끝으로 발치를 찍어 누르며 준엄하게 명령했다.

"천군은 나서라!"

나서는 자가 없었다.

달빛 아래 스산한 바람만 부는 가운데, 그의 목소리가 공허하게 잦아들었다.

위국공의 낯빛이 새파랗게 질려 버렸다.

이제야 주변의 상황이 크게 변했음을 인지한 것이다.

무적 (2)

기실 건청궁의 주변에는 천군의 칠공신이 매복해 있었다.

위국공은 혼자서 설무백을 감당해 볼 생각을 가지고 있었으나, 혹시나 하는 마음에 내린 조치였다.

매사에 겁 없는 황제가 구경을 한답시고 나설 경우를 대비해서 보호해야 했고, 다른 한편으로 소란을 듣고 나타난 자들을 차단하려는 목적이었는데, 그걸 이렇게 사용할 줄은 정말 상상도 하지 못한 위국공이었다.

그런데 돌발적인 사태의 중첩이었다.

위국공의 명령에도 불구하고 그들, 천군의 칠공신이 나서지 않고 있었다.

비단 나서지 않았을 뿐만 아니라 적어도 위국공에게만큼은 암중으로 자신들의 위치를 알려 주던 기척마저 완전히 사라져 버렸다.

직금의 상황에서 그들이 자의적으로 자리를 이탈했거나 몸을 숨겼을 리는 만무했다.

결국 그들이 제압당했다는 뜻인 것이다.

"……!"

사태를 직감한 위국공은 외치고 싶었다.

크게 소리쳐서 주변의 다른 경계들을 불러 모으고 싶은 마음이 굴뚝같았다.

지금 황성에는 동창과 금의위, 그리고 천군의 정예들이 벌 떼처럼 깔려 있는 것이다.

그러나 위국공은 고함치는 대신 질끈 어금니를 악물었다.

무인의 자존심이었다.

그는 쓰게 웃으며 물었다.

"이것도 비공이 손을 쓴 것인가?"

설무백이 무심하게 인정했다.

"번거롭지 않게 조용히 끝내고 싶어서요."

위국공은 평정을 되찾으며 냉정해졌다.

조용히 끝내고 싶다는 설무백의 말이 그를 그렇게 만들었다.

실로 극단적인 두 가지 의미를 내포하는 말이었다.

그래서 더욱 진위를 확인하고 싶지 않은 말이기도 했기에, 그는 무겁게 심호흡하며 앞으로 나섰다.

"이 늙은이가 위광이나 공손벽 이전에 대내 제일 소리를 들었음을 아시나?"

설무백이 마주 나서며 대답했다.

"알다마다요. 과거 처음 뵈었을 때는 실로 승패를 장담할 수 없었습니다."

위국공이 쓰게 웃었다.

"지금은 승패를 장담할 수 있다는 소리로군."

설무백은 두 손을 펼쳐 보였다.

"그간 제가 좀 자랐습니다."

위국공은 인정했다.

"그간 내가 조금 더 늙기도 했지."

말미에 그는 창끝을 오른쪽 아래로 살짝 벌려 예(禮)를 표하며 말을 더했다.

"대신에 더욱 노련해졌으니, 쉽게 생각하지는 말게나."

설무백은 대답에 앞서 오른 손을 옆으로 벌렸다.

그와 동시에 그의 손에도 한 자루 장창이 들려서 바닥으로 늘어졌다.

흑린 또는 묵린이라 불리는 양날창이었다.

"장강후추전랑(長江後浪推前浪)이요, 일대신인환구인(一代新人換舊人)이라, 장강의 뒷 물결이 앞 물결을 밀어내듯, 한 시대는 새 사람으로 옛사람이 교체된다 하였으니, 너무 무리하지는 마십시오."

위국공이 힘주어 대답했다.

"그래도 최소한 노익장은 보여 줘야지."

그리고 바로 정안(征眼), 오른발을 한걸음 뒤로 물리며 창끝을 들어서 설무백의 눈을 겨누었다.

순간, 사람은 사라지고 창만 남았다.

위국공의 그리 작지 않은 몸이 예리한 사모창의 창끝 뒤로 완전히 가려진 것이다.

일컬어 병기와 시전자가 합일(合一)되는 경지였다.

신검일체와 같은 신창일체의 경지인 것인데, 하얀 사모창의 창끝에서 뿜어지는 예기가 거리와 상관없이 곧바로 설무백의 눈을 꿰뚫어 버릴 것 같았다.

'위 숙부보다 윗길이다!'

설무백은 위국공의 경지가 의외로 높음에 감탄하며 두 눈을 가늘게 떴다.

순수한 감탄이었는데, 위국공이 오해한 모양이었다.

틈을 찾거나 기회를 엿보지 않고 바로 창극을 앞세우며 공격에 나섰다.

슈칵-!

창날이 가볍게 떨렸다.

한순간 사모창이 수십, 수백 개의 그림자를 만들어 내며 직선으로 쏘아졌다.

휘두르는 동작을 배제하고 연속해서 창끝으로 찌르는 초식,

모든 창날이 겨누는 것은 하나같이 설무백의 요혈이었다.

정면으로 창을 찔러 가는 단순한 초식이지만, 순간속도의 가공함과 연속으로 수백 번이나 같은 공격을 되풀이하는 신기(神技)가 가히 일가를 이룰 수준의 창격(槍擊)인 것이다.

그러나 위국공의 입장에선 대단히 아쉽게도 설무백의 눈에는 그 모든 창극이 그림처럼 선명하게 보였다.

상대보다 빠르게 움직이면 상대적으로 상대의 움직임이 느리게 보이는 이치였다.

지금 설무백의 반응이 그랬다.

슈슈슈슛-!

설무백은 그렇듯 자신만의 시간과 공간에서 움직여서 쇄도하는 창극 사이를 거슬러 위국공에게 다가갔다.

"헉!"

위국공은 당황했다.

선공을 취해서 승기를 잡았다고 생각했는데, 아니었다.

오판이었고, 착각이었다.

지금 그의 눈에 들어온 설무백의 쇄도는 그리 빠르게 보이지 않았고, 그 어떤 회피 동작도 없었다.

그런데 그가 뻗어 내는 모든 창극이 이미 설무백이 지나간 빈 공간을 찌르고 있었다.

설무백의 속도가 그의 눈으로 가늠할 수 없을 정도로 빠르다는 결론이었다.

'물러나야 한다!'

위국공은 이미 뒤로 미끄러지고 있었다.

생각과 동시에 몸이 반응한 결과였다.

그러나 그와 설무백의 거리는 조금도 벌어지지 않았다.

오히려 빠르게 좁혀졌다.

그의 신색이 비장하게 변했다.

"류(流)!"

본능처럼 뒤로 눕듯이 상체를 물린 그의 입에서 매서운 일갈
이 터져 나왔다.

동시에 그를 따라 물러나던 창극이 원을 그리며 돌아서 다가
선 설무백의 옆구리를 휩쓸었다.

위국공은 기합처럼 초식명을 외친 것이다.

그러나 이번에도 그의 창극은 헛되이 허공을 휘저었다.

쇄도하던 설무백이 슬쩍 측면으로 자리를 이동한 결과였다.

"타(打)!"

허공을 휘저은 위국공의 창극이 사선으로 솟구치며 설무백의
턱을 노렸다.

설무백의 신형이 그 순간에 흐릿해졌다.

위국공의 창극은 허무하게 설무백의 잔영만을 가르며 허공
으로 치솟았다.

"파(破)!"

"결(抉)!"

위국공의 입에서 연이어 기합 같은 초식명이 터져 나오며, 허공으로 치솟은 창극이 그대로 반전했다.

측면에서 짙어지고 있는 설무백의 형체를 가르는 일격이었다.

그 순간과 동시에 창극이 멈추었다.

"……!"

죽음과도 같은 정적이 흘렀다.

위국공의 두 눈은 불신과 경악으로 크게 확대되고 있었다.

지금 그의 시선이 머문 것은 더 이상 움직일 수 없는 자신의 창극이었다.

설무백이 맨손으로 그의 창극을 잡은 채 서 있었다. 그리고 그의 다른 손에 들린 양날창의 한쪽 서슬은 정확히 위국공의 목 젖 앞에 멈추어져 있었다.

"역시……!"

위국공은 허탈하게 비틀어진 미소를 흘렸다.

어처구니없게도 수갑자의 공력이 실린 창극이 피육에 불과한 손에 잡혀 버렸고, 그는 상대의 창극이 자신의 목젖으로 다 가오는 것을 전혀 느끼지 못했다.

이보다 더 완벽한 패배도 없을 터였다.

"이마저도 손 속에 사정을 둔 것이겠지?"

설무백은 대답에 앞서 창극을 놓고, 묵린을 회수해서 두 손 으로 잡으며 예를 취했다.

"감히 자신하건데, 창법으로는 천하의 그 누구에게도 지지 않습니다. 질 수 없기 때문입니다."

방심한 듯 서 있던 위국공이 이제야 설무백의 외조부가 누군지 떠올린 듯 나직한 탄성을 흘렸다.

"신창……!"

설무백은 슬쩍 한손을 흔들었다.

그 동작 하나로 그의 수중에 들고 있던 양날창 묵린이 거짓말처럼 사라졌다.

그 상태로, 그는 더 없이 정중하게 말했다.

"이제 길을 내주시겠습니까?"

위국공이 곤혹스러운 표정으로 머뭇거렸다.

패자의 도리로 마땅히 길을 열어 주어야 하나, 선뜻 움직일 수가 없는 것이다.

그때 건청궁의 문이 스르르 열리며 세 사람이 모습을 드러냈다.

두 명의 환관을 거느린 당금 황제, 주체였다.

설무백은 묵묵히 황제를 바라보았다.

황제가 빙그레 웃었다.

"우리 아우가 많이 섭섭했나보지?"

설무백은 답변 대신 물었다.

"제가 많이 거슬리셨습니까?"

황제가 미소 지은 얼굴 그대로 살짝 굳어졌다.

하지만 입으로는 여전히 다른 말을 했다.

"설 장군의 일은 어차피 이렇게 흘러갈 일이었네. 설 장군은 이번 전쟁이 끝나면 스스로 물러날 생각을 했을 테지만, 그렇게 되면 이 우형의 입지가 매우 거북해질 수밖에 없으니, 용인하기 어려웠지. 군부의 모두가 흠모해 마지않는 설 장군이 그대로 물러나면 그야말로 전설이 되어서 이 우형이 군부를 통솔하기가 적이 버거워질 테니 말이야. 해서, 아우를 염두에 두고 이번 일을 벌인 거네."

설무백은 무심한 어조로 짧게 대답했다.

"이해합니다."

황제가 한결 부드러운 표정으로 변해서 다시 말했다.

"그리고 오늘은 일은 아우도 익히 짐작했으리라 보지만, 기실 설 장군의 일을 주청했던 대신들을 휘어잡기 위함이었네. 설 장군의 일이 이 우형의 뜻보다는 그들의 뜻이 반영되었던 바, 그들의 생각이 부족하고 어리석었다는 것을 밝혀 주기 위함이었다는 것일세."

설무백은 이번에도 역시 무심한 어조로 짧게 수긍했다.

"그 역시 이해하고 있습니다."

"과연⋯⋯!"

황제가 더 없이 기꺼운 모습으로 활짝 웃었다.

"하하, 그럴 줄 알았어. 아우라면 이 우형의 생각을 능히 다 이해하고 따라 줄 거라고 믿어 의심 않았네. 하하하⋯⋯!"

황제의 웃음이 이내 슬며시 잦아들었다.

그는 웃고 있지만, 설무백은 여전히 무심하고 심드렁한 모습을 견지하고 있었기 때문이다.

"왜……? 무슨 다른 할 얘기라도 있는가?"

설무백은 어디까지나 무심하게 대답했다.

"아버님의 일에 대한 내막과 오늘의 일에 대한 폐하의 사정은 잘 들었습니다. 역시나 제가 짐작한 것과 다르지 않아서 실로 다행이라는 마음입니다."

황제가 고개를 갸웃했다.

"그런데?"

"그러니!"

설무백은 역시나 무심하게 잘라 말했다.

"이제 진실을 말해 주십시오. 왜 그러신 겁니까?"

황제의 얼굴이 딱딱하게 굳어졌다.

설무백의 시선을 마주하고 있는 그의 눈빛이 거북할 정도로 흔들리고 있었다.

무거운 정적이 내려앉았다.

황제는 끝내 입을 열지 않고 있었다.

이윽고, 설무백은 가만히 고개를 끄덕이며 침묵을 깼다.

"말씀하지 않으셔도 됩니다. 다만 저는 그것으로 폐하와의, 아니, 형님과의 인연을 그만 끝낼까 합니다."

설무백은 품을 뒤져서 지난날 황제가 연왕 시절에 주었던 용

천외천의
주인

봉패를 꺼내 바닥에 내려놓았다.

말 그대로 의절(義絶)을 내비친 것이다.

황제의 표정이 볼썽사납게 일그러졌다.

그 모습을 보고 더욱 당황한 위국공이 준엄한 목소리로 나섰다.

"비공답지 않게 어찌 선을 넘으려 하는가!"

설무백은 슬쩍 고개를 돌려서 냉정한 눈빛으로 위국공을 바라보았다.

"아무래도 설명이 필요할 것 같습니다. 제가 지금 어떤 선을 넘은 겁니까?"

위국공이 호통을 치듯 대꾸했다.

"폐하는 천자(天子)요, 온 천하만인의 아버지이거늘, 감히 자식이 어찌 연을 끊는다는 말을 그리도 서슴없이 할 수 있는가!"

설무백은 웃었다. 그리고 냉정한 듯 무심하게 말했다.

"폐하께서 천하만민의 아버지시라면 천하의 주인은 백성이지요. 저는 백성의 한 사람으로서 다른 무엇보다도 올바르고, 정확하고, 똑똑하고, 특별하다는 선민의식으로 똘똘 뭉쳐서 추악한 본성을 숨기지 않으며 얼마든지 뻔뻔스러운 일을 자행하는 사람을 아주 혐오합니다. 그 사람이 자신의 행위가 그렇다는 것을 모르는 몰지각한 인물이라면 더더욱 그렇습니다."

위국공을 보며 말하고 있지만 사실은 황제를 향한 질타였다.

위국공이 감히 이런 말을 할 줄은 몰랐던지 실로 소스라치게 놀라서 입을 여는데, 황제가 먼저 준엄하게 일갈했다.

"고약하군!"

설무백은 아무런 반응도 보이지 않고 무심하게 황제를 바라보며 뒤로 한걸음 물러나서 정중하게 공수했다.

"그간 살갑게 대해 주셔, 그리고 폐하를 곁에서 지켜볼 수 있게 해 주셔서 감사했습니다. 그럼 저는 이만……!"

"아우가!"

황제가 준엄한 일갈로 설무백의 말을 끊었다. 그리고 한동안 다시 말을 잇지 않고 설무백을 냉정하게 바라보다가 일순 매서운 일격을 날렸다.

"선황을 빼돌리지 않았는가!"

과거 그런 일이 있었다.

설무백은 예상지 못하게 태조 홍무제(洪武帝)를 만나서 모종의 약속을 했고, 그 약속이 선왕의 목숨을 구하는 일이라는 사실을 그 약속과 맞닥트려서야 알게 되었다.

다만 그가 아는 한 황궁과 황실에서 그날의 일을 아는 사람은 없었다.

그 일을 아는 마지막 한 사람이 그 자리에서 스스로 목숨을 끊었던 것이다.

'이거 나 역시 폐하를 너무 쉽게 봤다는 얘기가 되는 건가?'

설무백은 내심 자신의 실수를 통감하며 숙이던 고개를 다시 들어서 황제의 시선을 마주했다.

그리고 애써 내색을 삼가며 물었다.

"저는 지금 폐하께서 무슨 말씀을 하시는지 잘 모르겠습니다만……?"

황제가 이제야말로 분노한 기색을 드러내며 물었다.

"아니라고 부정할 텐가?"

설무백은 부정할 수 없었다.

하지만 인정할 수 있는 일도 아니었다.

선대 황제와의 약속을 어길 수는 없는 것이다.

"제게 선황을 빼돌린 기억은 없습니다. 다만 언젠가 길 잃은 낙척서생에게 길을 알려 준 기억은 나는군요. 거기가 황궁도 아니었고, 그는 용포도 걸치지 않았습니다. 화자처럼 때 구정물 꼬질꼬질한 그 서생이 선황일리는 없지 않겠습니까."

황제가 발끈한 듯 입을 크게 열었다가 그대로 멈추었다.

실로 생각이 많아진 눈빛이었는데, 이내 무언가 결정을 내린 듯 피식 웃으며 말했다.

"그렇긴 하군. 그런 자가 선황일리는 없겠지."

설무백은 애써 무덤덤하게 어깨를 으쓱했다.

"그럼요. 그럴 리가 없지요."

황제가 심술이 난 아이처럼 입술을 삐쭉거리며 설무백을 노려보다가 이내 쓰게 입맛을 다셨다.

"그럼 내가 오해를 했다는 거군."

그는 잠시 뜸을 들이다가 재우쳐 물었다.

"사과를 바라는가?"

설무백은 못내 난감했다.

황제는 알면서도 속아 주고, 그는 속아 주는 것을 알면서도 내색할 수 없는 상황이었다.

다만 그의 잘못은 사람을 살린 것이고, 황제의 잘못은 사람을 죽이려 한 것이라, 이대로 그냥 넘어갈 수는 없었다.

그의 마음 한구석에는 여전히 황제에 대한 괘씸함이 남아 있는 것인데, 다행히도 그는 아직 내보이지 않는 패를 하나 가지고 있었다.

잠시 궁리하던 그는 애써 한 발짝 물러나서 대답했다.

"아버지가 자식에게 사과하고 용서를 구하면 권위를 잃게 되지요. 하지만 또 배려와 자애를 모르는 아버지는 자식들의 사랑을 받기 어렵습니다. 그러니 폐하께서는 사과를 한 것으로 치고, 저는 사과를 받은 것으로 치는 게 어떻겠습니까?"

황제가 묵묵히 고개를 끄덕이다가 앞서 그가 바닥에 놓은 용봉패를 슬쩍 일별했다.

"그럼 그거 다시 줍는 건가?"

설무백은 못내 어색한 미소를 흘리며 묵묵히 바닥에 내려놓았던 용봉패를 주워 들었다.

황제의 얼굴이 풀어지며 미소가 드리워졌다.

"이제 삭막한 얘기는 그만두고 술이나 한잔할까?"

설무백은 주워 든 용봉패를 품에 갈무리하고, 그 품을 손바닥으로 두드리며 대답했다.

"폐하의 마음을 새로 받았습니다. 그러니 저 역시 제 마음을 새로 드려야지요."

"……?"

황제가 의아한 표정으로 고개를 갸웃했다.

설무백은 반쯤 돌아서 건청궁의 뜰을 벗어나는 밖을 향해 손을 내밀며 말했다.

"궁성 밖에 작은 선물을 준비해 두었는데, 나가 보시겠습니까?"

황제는 느닷없이 이게 무슨 말인가 싶은 표정을 지으면서도 순순히 설무백을 따라나섰다.

그리고 서서히 얼굴이 굳어졌다.

건청궁의 뜰을 벗어나는 순간부터 그의 시선에 들어오는 사람들이 있었다.

감히 그를 보고도, 천하의 황제를 보고도 고개조차 숙이지 않고 있는 사람들이었다.

고개를 숙이지 않는 것이 아니라 숙이지 못하는 것이었다.

길가를 따라, 정확히는 건청궁으로 연결된 길목의 요소요소를 지키던 동창과 금의위의 위사들이 그림처럼 혹은 석상처럼 딱딱하게 굳어져 있었던 것이다.

결국 황제는 참지 못하고 한마디 했다.

"궁성이 오랜만에 조용해서 좋군."

설무백은 대답하지 않았다.

그저 애써 당황스러움을 감추는 황제를 묵묵히 황궁의 대문 밖으로 안내했다.

궁성의 대문은 활짝 열려져 있었다.

황제는 그 앞에서 의지와 무관하게 경직되었다.

황궁의 대문 밖인 드넓은 마당에는 수많은 사람들이 무릎을 꿇고 있었다.

그들의 면면을 확인한 황제는 절로 흔들리는 눈빛을 드러내며 묵직한 침음을 흘렸다.

그들은 바로 오늘 조례(朝禮)에 참가했던 대소신료들과 제독 동창 조위문 이하 동창의 수뇌진, 그리고 금의위 중랑장 공손 벽 등, 이번 일을 추진한 요인들이었기 때문이다.

설무백은 그 앞에서 그들을 굽어보며 말했다.

"저는 폐하를 싫어하지 않습니다. 폐하께서 내리신 이번 일에 대한 용단도 그 때문에 모순적이게도 싫고 거북하고 화가 나지만 충분히 이해합니다. 강하면 편협하거나 옹졸하지 말아야 하지만, 때로는 보여 주는 것이 도리라고 생각하니까요."

말미에 미소를 드리운 그는 고개를 돌려서 황제를 마주하며 정중히 공수했다.

"그래서 준비한 선물입니다."

황제는 한동안 말이 없었다.

무슨 생각, 어떤 감정에 휩싸였는지는 몰라도, 시간이 필요한 것 같았다.

설무백은 묵묵히 기다렸다.

이윽고, 황제가 감정을 추스른 듯 빙그레 웃으며 말했다.

"그럼 이제 한잔해야지?"

···

설무백과 황제의 술자리는 그리 길게 가지 않았다.

황제가 빨리 취해 버렸기 때문이다.

과장되게 웃고, 과장되게 떠들며 연거푸 술을 들이켜던 황제는 불과 반시진도 되지 않아서 술상에 코를 박고 엎어져 버렸다.

평소의 모습과 다르고, 황제의 품위도 망각한 것으로 보이는 그 모습을 유일하게 동석한 위국공이 변호했다.

"비공이 이해하게나. 처음이시거든. 다른 누군가에게 패하는 것이 말일세."

설무백은 굳이 위국공의 변호가 아니어도 충분히 이해하고 있었다. 아니, 지금 보는 황제의 모습이 오히려 더욱 마음에 들었다.

"주제넘은 말씀이나, 더욱 크게 성장하실 겁니다."

"암, 그러시겠지. 포기를 모르시는 분이 패배라는 새로운 것을 배우셨으니."

위국공이 수긍하며 황제의 어깨를 부축해서 바로 눕혔다.

설무백은 그윽한 눈빛으로 황제를 바라보는 위국공의 모습에서 노장군의 애틋한 충성심을 느꼈다.

"모르셨죠?"

"……?"

갑작스러운 설무백의 질문에 잠시 어리둥절해하던 위국공이 이내 깨달은 듯 되물었다.

"이번 일을 말하는 건가?"

"예."

"물론 몰랐지."

위국공은 씁쓸한 듯 아쉽게 보이는 미소를 입가에 드리우며 부연했다.

"그게 폐하 아닌가. 무언가 일을 추진할 때는 측근들조차 알수 없게 하는 거…… 뭐, 그게 장점이시고 또한 단점이기도 하지만, 나는 이해하고, 불만 없네."

설무백은 묵묵히 고개를 끄덕였다.

위국공은 이해하며, 불만도 없다고 말하고 있지만, 그의 눈에는 전혀 그렇게 보이지 않았다.

지나친 생각인지는 몰라도, 그의 눈에는 위국공의 모습에서 늙은 충신의 어쩔 수 없는 좌절감 같은 것이 느껴져서 본의 아니게 입맛이 썼다.

하지만 내색할 수는 없었다.

"그러시다니 그나마 다행이네요."

설무백의 말을 들은 위국공이 새삼 어색한 미소를 흘리며 말했다.

"설 장군…… 비공의 아버님에 대한 일은 개인적으로 매우 안타깝고 미안하게 생각하네. 그렇게 은퇴하게 해서는 안 되는 거였는데, 참으로 뭐라 할 얘기가 없군. 정말 거듭 미안하이."

위국공의 얼굴은 힘없이 붉게 물들어 있었고, 목소리는 가늘게 떨리고 있었다.

바람이 불 때는 모르고 있다가, 바람이 지나간 다음에 나서서 이렇게 밖에 말할 수 없는 자신의 무력감을 실로 뼈아파하는 모습이었다.

설무백은 마찬가지로 어색한 미소를 보이는 것으로 대답을 회피하고는 품에서 용봉패 하나를 꺼냈다.

아까 전 황제의 면전에서 바닥에 내려놓았던 용봉패와 얼추 크기는 같지만 앞뒤의 문양이 조금씩 다른 용봉패, 지난날 태조에게 받은 용봉패였다.

"이건……!"

위국공의 눈이 커졌다.

자세히 보지 않으면 쉽게 발견할 수 없는 용봉패의 차이를 그는 첫눈에 알아본 것이다.

그리고 또 그 바람에 그는 지난날 벌어졌던 선황과의 내막도 바로 유추해 낸 것 같았다.

바로 이어져 나온 목소리가 크게 떨렸다.

"그, 그럼 그날의 일이……?"

설무백은 가볍게 웃는 것으로 위국공의 말을 인정하며 수중의 용봉패를 내밀었다.

"가지고 계시다가 언제고 나중에 폐하께 전해 주세요."

전해 주라는 말 속에 담긴 의미는 실로 삭막했다.

언제고 필요할 때 쓰라는, 어쩌면 그럴 날이 있을지도 모른다는 의미였다.

위국공도 토사구팽에서 절대 자유로울 수 없다는 뜻인 것이다.

위국공이 산전수전 다 겪은 노장답게 대번에 그 의미를 깨달은 모양이었다.

본능처럼 얼굴이 딱딱하게 굳어졌다.

하지만 그러면서도 그는 고개를 저으며 용봉패를 사양했다.

"아닐세. 내게는 너무 부담스러운 신물이니, 언제고 비공이 직접 폐하께 전해 주시게나."

정말 그런 때가 오면 자신은 그냥 그대로 죽겠다는 의지였다.

설무백은 두 손을 내밀어서 위국공의 손아귀에 억지로 용봉패를 쥐어 주며 말했다.

"제가 아니라 아버님의 뜻입니다. 어르신만이라도 편히 용퇴(勇退)하실 수 있게 해 드리라 하시는데, 지금의 저로서는 이것

말고는 다른 수가 없습니다."

위국공이 움찔했다.

그 상태로, 그는 한참 동안을 복잡한 감정이 뒤엉킨 눈빛으로 용봉패를 주시하다가 이내 마지못한 표정으로 용봉패를 손에 쥐며 탄식했다.

"허허, 죽은 사람이 산 사람을 걱정하고 있군. 나보고 미안해서 죽으라는 소린가, 그 사람?"

설무백은 그저 가벼운 웃음으로 받아넘기고는 말문을 돌렸다.

"대신들과 무신들을 수집했던 궐 밖 마당인 궁장(宮場) 주변에 결계를 쳐서 백성들은 보지 못하게 했습니다. 폐하의 권위는 지켜 드리는 게 도리인 것 같아서요."

위국공은 이미 알고 있었던 모양이었다.

그저 묵묵히 고개를 끄덕이며 감격한 표정을 지을 뿐이었다.

설무백은 나직이 말을 더했다.

"하지만 내부의 눈이 적지 않았으니, 오늘 일로 한동안 궐내가 어수선할 겁니다. 아니, 솔직히 말해서 칼바람이 불겠죠. 그게 폐하이시니까요. 어려우시더라도 당분간은 폐하의 곁을 지켜 주시며 과하지 않도록 조언해 주시길 바랍니다."

위국공이 과연 그럴 것이라는 듯, 그리고 여부가 있겠냐는 듯 힘겨운 미소를 지으며 고개를 끄덕이다가 불쑥 물었다.

"지금 비공의 태도는 마치 작별을 앞두고 주변을 정리하는 사람처럼 보이는군. 설마……?"

설무백은 그저 웃을 뿐 대답하지 않았다.

위국공의 안색이 변했다.

"그러고 보니 오늘 내내 개인적인 자리에서도 폐하를 형님으로 부르지 않았어. 정말 이렇게 정리할 셈인 건가?"

설무백은 특유의 미온한 미소를 짓은 낯으로 묵묵히 자리를 털고 일어나서 대답했다.

"진심이든 아니든 혹은 저를 믿었든 믿지 않았든 간에, 제 아버지의 목숨을 노리는 순간부터 저와 폐하의 우애는 더 이상 유지될 수 없었던 겁니다. 의형제도 형제인데 아버지의 목숨을 노리는 아들을 어찌 제가 용인할 수 있겠습니까."

"음."

위국공이 감히 다른 항변을 하지 못하고 침묵했다.

설무백은 그런 그를 향해 더 없이 정중하게 공수하며 선언했다.

"저는 이제 예전의 야인으로, 일개 백성으로 돌아갑니다. 폐하께서도 이미 짐작하시고 계실 테니, 그냥 지금의 제 말을 그대로 전해 주시면 됩니다."

"비, 비공……!"

위국공이 크게 당황하며 어찌할 바를 몰라 했다.

그러나 설무백의 마음은 이미 확고해서 돌이킬 수 없었다.

그는 씩 웃는 낯으로 돌아서서 자리를 떠나며 말했다.

"해도, 무림인 역시 황토에 사는 백성이니 황제를 섬겨야겠지요. 그러므로 마교는 기꺼이 제가 책임지도록 하겠습니다."

⁂

발 없는 말이 천리를 간다는 성어(成語)는 사람들 사이에 소문이 생각보다 빨리, 그리고 널리 퍼진다는 의미였다.

사람들은 그만큼 남의 말을 하기 좋아한다는 뜻인데, 실제로 생각지도 않은 곳에서 자신에 대한 얘기를 듣는 사람이 비일비재했다.

그러나 세상은 참으로 요지경이라 늘 그런 것만도 아니었다.

보통 듣고 싶지 않은 얘기는 바라지 않아도 빨리 듣게 되지만, 정작 듣고 싶은 얘기는 아무리 원해도 빨리 혹은 제때 들을 수 없는 경우가 허다했다.

그 때문이었다.

마교총단의 실세인 극락공자 악초군은 분노를 더하며 같은 질문을 반복했다.

"뭐? 언제 벌어진 일이라고?"

머리를 조아린 채 감히 고개조차 들지 못하고 보고하던 두 사람 중 하나, 백야호(白夜壺) 금고명은 바로 대답하지 않았다.

명색이 일개 수채의 문사 노릇을 하던 그인지라 눈치 빠르게 악초군의 분노를 읽었던 것이다.

그러나 그와 같이 도망쳐 온 금망채의 소두목인 백독수 소구에게는 그 정도의 눈치가 없었다.

"바로 자리를 피해서 이곳으로 달려왔으니, 닷새 전입니다!"

악초군이 정말 기특하다는 듯이 웃으며 고개를 끄덕였다.

"아, 그러니까, 일만이 넘는 패거리를 가진 너희들이 고작 십여 명의 적에게 당하고 무릎을 꿇는 바람에 꽁지가 빠지게 도망쳐 왔다? 혹시나 놈들에게 붙잡힐까봐 무서워서 벌벌 떠느라 중도에 전서구조차 날리지 못하고?"

"전서구는 따로 가지고 나오지 못했습니다. 그냥 빨리 와서 알리는 게 더 낫지 싶어서……."

"이런 개 쌍……!"

소구의 변명이 끝나기도 전에 악초군의 분노가 폭발했다.

성난 그의 발길이 머리를 조아리고 있던 소구의 뒷목을 사정없이 짓밟았다.

우직-!

소구의 뒷목이 정상이라면 도저히 그럴 수 없는 깊이로 눌리며 섬뜩한 소음을 냈다.

그것으로 끝이었다.

소구는 무릎을 꿇고 머리를 조아린 상태로 목이 부러져서 비명은커녕 신음조차 흘리지 못한 채 죽어 버렸다.

악초군은 그것으로 만족하지 못했다.

"뚫린 주둥이라고 주절주절 말은······!"

빠득 소리가 나도록 이를 갈며 분노를 토한 악초군의 발이 다시 들려서 죽은 소구의 머리를 사납게 걷어찼다.

퍽—!

둔탁한 소음과 함께 소구의 머리가 박살 났다.

어떤 내력이 어느 정도 담긴 발길질인지는 몰라도, 소구의 머리가 물거품처럼 꺼지면서 붉은 피와 허연 뇌수가 사방으로 튀었다.

"이런 젠장, 더럽게······!"

악초군이 발에 묻은 피와 뇌수를 보고는 분노를 더한 눈빛으로 그 옆에 엎드린 금고명을 보았다.

소구의 죽음에 놀라서 고개를 쳐들다가 악초군과 시선이 마주친 금고명은 기겁하며 악초군의 발에 매달렸다.

"사, 살려 주십시오!"

악초군이 사납게 발을 뺐다.

"살려 주십시오, 공자님!"

금고명이 다시금 악초군의 발에 매달리며 사정했다.

악초군의 두 눈이 희번덕거렸다.

여차하면 광기에 물들어 버리는 그 눈빛이었다.

그때 누군가 다급히 나서며 말렸다.

"그자에게 얘기를 조금 더 들어 보는 것이 어떻겠소, 이공자."

악초군의 고개가 반사적으로 돌아갔다.

너무도 빠르고 갑작스럽게 고개를 돌려서 목뼈가 부러지지는 않을까 우려되는 그 순간, 광기로 희번덕거리던 그의 눈빛이 서서히 평정을 되찾았다.

　다급히 끼어들어서 제동을 건 상대는 마교총단의 단주인 홍인마수 혁련보였지만, 그 때문이 아니었다.

　혁련보의 주변에는 사왕전의 적미사왕을 비롯해서 그를 지지하는 마교의 마왕들이 자리해 있었다.

　지금은 지지자들이지만 여차하면 언제든지 반대 세력으로 돌아설 수 있는 그들의 면전에서 감정을 억제하지 못하고 폭주하는 모습을 보이는 것은 득보다 실이 많았다.

　"이해들 해요. 내가 좀 기분파라서 말이야."

　애써 격정을 억누른 악초군은 대수롭지 않다는 투로 웃으며 한마디 하고는 슬쩍 금고명을 내려다보았다.

　금고명은 그야말로 사시나무처럼 벌벌 떨고 있었다.

　악초군은 벌레를 보듯 눈살을 찌푸리며 그 모습을 바라보다가 불쑥 말문을 열었다.

　"똑바로 잘 들어라. 내가 너희들에게 건네준 무공은 여기 마교총단에서도 강별히 인정받지 못한 애들은 절대 익힐 수 있는 절공이다. 고작 강상교 따위가 넘어설 수 있는 무공이 아니란 말이다. 그러니 괜한 헛소리 지껄이지 말고 제대로 다시 말해봐라. 정말로 강상교가 이끄는 대곤채와 황하수로연맹의 고수들이 확실하냐?"

"그, 그게……!"

금고명이 떨리는 목소리로 말을 더듬으며 선뜻 대답하지 못했다.

악초군이 대번에 한 발을 금고명의 뒤통수에 올려놓으며 싸늘하게 경고했다.

"이제부터 제대로 대답을 않고 뜸을 들이거나, 헛소리를 지껄이면 아까 저 새끼처럼 그냥 밟아 죽여 버릴 거다."

그리고 재우쳐 다그쳤다.

"정말 확실해?"

금고명이 다급히 말을 더듬었다.

"제, 제대로 보지 못해서 화, 확신할 수는 없지만, 채주를 기습한 저, 저, 적들 중에 요, 요안마녀를 본 것 같기도 합니다!"

"요안마녀?"

악초군의 안색이 변했다.

"사신 설무백를 따라다닌다는 풍잔의 그 요망한 어린 계집?"

금고명이 다급히 수긍했다.

"화, 확실하진 않지만, 그, 그런 것 같습니다!"

악초군의 눈에 새파란 불똥이 튀었다.

애써 누른 분노가 다시 일어난 것이다.

"확실하지 않은 얘기를 왜 하냐?"

말을 끝내기도 전에 금고명의 뒤통수를 밟고 있던 그의 발에 힘이 들어갔다.

퍽—!

금고명의 머리가 수박처럼 터져 나갔다.

말 그대로 즉사였다.

악초군은 발을 흔들어서 발바닥에 묻은 피와 뇌수를 털어 내며 대수롭지 않게 명령했다.

"냄새난다. 빨리 치워!"

뒤쪽에 시립해 있던 친위대장 낭리사가 재빨리 수하들을 이끌고 나서서 장내를 정리했다.

악초군이 그사이 본래의 자리로 돌아와 앉으며 태연하게 물었다.

"놈이 거사의 시기를 보름 후로 연기했다고 하더군. 그리고 이런 일을 벌였소. 다들 어떻게 생각해요?"

혁련보가 선뜻 대답에 나서는 사람이 보이지 않자 헛기침을 하며 말했다.

"이번 일만 놓고 보면 마교총단을 공격하겠다는 놈의 말은 우리를 묶어 두려는 공갈일 가능성이 높소."

악초군이 시큰둥하게 항변했다.

"우리보고 그렇게 생각하며 여기 죽치고 앉아 있으라는 놈의 기만술일 수도 있지 않겠소?"

혁련보가 그냥 물러서지 않고 반박했다.

"역의 역을 고려한다면 그 역시 역으로 우리에게 기만술인 것

천하천의
주인

처럼 보이게 하려는 의도도 가질 수 있지요. 요는 절대 경거망동할 일이 아니라는 거요."

악초군이 인정하긴 싫지만 인정할 수밖에 없다는 듯 퉁명스럽게 대답했다.

"맞아. 그래서 기분이 아주 나빠요. 실로 주도면밀하게 움직이는 놈이야, 그놈. 정말이지 나를 쉽게 움직일 수 없게 만들어 버리네, 그 개자식이! 젠장!"

적미사왕이 분노한 기색으로 끼어들며 말했다.

"움직이지 않더라도 절대 그냥 이대로 넘어갈 수는 없는 일이오!"

"그렇긴 하지."

악초군이 바로 수긍하며 좌중을 둘러보았다.

"또 다른 의견은?"

선뜻 나서는 사람이 없었다.

다들 하나같이 생각이 많아진 표정으로 고심하고 있었다.

악초군은 더 기다리지 않고 천사교주의 뒤쪽인 벽에 등을 기댄 채 한가하게 서 있는 마령에게 시선을 던지며 말했다.

"마령, 너 그때 분명 그자의 태도가 기만술로 보이지 않았다고 했지?"

마령이 어깨를 으쓱이며 심드렁하게 대답했다.

"그렇게 보였소."

악초군이 재차 물었다.

"지금도 그 생각에 변함이 없나?"

마령이 짧게 대답했다.

"물론이오."

"젠장!"

악초군이 욕설을 뱉어 내며 이를 갈았다.

"빌어먹을 미꾸라지 같은 새끼 하나 때문에 일이 다 엉망으로 틀어지네!"

적미사왕이 말했다.

"아무리 그래도……!"

"알아요, 알아!"

악초군이 신경질적으로 잘라 말했다.

"절대 그냥 넘어갈 수 없는 일인 거 나도 알고 있다고!"

혁련보가 은근슬쩍 좌중의 눈치를 보며 말했다.

"그래도 중원 입성은 절대 무리요. 우리의 뒤에는……!"

"그것도 알아!"

악초군이 재차 신경질적으로 말을 잘랐다.

"야율, 그 핏덩이가 내 후장에 칼끝을 대고 있는 마당에 내가 누구 좋으라고 움직이겠소!"

혁련보가 다행이라는 표정으로 물러나 앉는 가운데, 좌중에 침묵이 내려앉았다.

실로 이럴 수도 없고, 저럴 수도 없는 상황인 것이다.

악초군이 침묵을 깼다.

"그래도 그냥 넘어갈 수는 없지. 적어도 망나니 칼춤은 한번 춰 줘야지."

혁련보가 조심스럽게 물었다.

"칼······춤이라면?"

악초군은 답변 대신 물었다.

"이번에 새로 작성한 십천세의 명단에 강상교 그놈 이름이 있소?"

혁련보가 무언가 감을 잡은 표정으로 대답했다.

"있소이다."

"그럼······."

악초군은 말문을 열어 놓고 잠시 뜸을 들이다가 이내 손을 내저으며 말했다.

"아니, 그냥 그 명단 한번 줘 보시오."

혁련보가 어리둥절한 표정이면서도 재빨리 뒤쪽의 수하에게 눈짓을 했다.

그의 눈짓을 받고 서둘러 밖으로 나갔다가 들어온 수하 하나가 팔뚝만 한 죽통 하나를 들고 와서 혁련보에게 건넸다.

혁련보는 그 죽통을 열어서 속에 들어 있던 죽지를 꺼내 악초군에게 내밀었다.

악초군은 죽지를 낚아채듯 받아 들어서 바닥에 펼쳤다.

죽지에는 작금의 강호무림을 주름잡는 열 명의 이름과 더불어 각대 문파의 주요 인물이 차례대로 나열되어 있었다.

죽지는 바로 십천세만이 아니라 마교천하를 위해 필히 제거해야 할 강호무림의 고수들을 선별해 놓은 살명부인 것이다.

그리고 그 살명주의 가장 상단에는 사신이라는 별호와 함께 설무백의 이름이, 가장 마지막에는 황하수로연맹의 부맹주인 강상교의 이름이 적혀 있었다.

"짜증 나긴 하지만 일단 이놈은 빼고⋯⋯!"

악초군은 손가락으로 설무백의 이름을 신경질적으로 사납게 쿡쿡 찌르며 명령했다.

"일악! 나머지 전부 다 쓸 만한 애들을 보내서 처치해! 미리 말해 두는데, 인원은 얼마든지 동원해도 좋으니까 한 놈도 놓치지 말도록!"

"옙!"

뒤에 시립해 있던 일악이 즉시 대답하며 고개를 숙였다.

혁련보가 화들짝 놀라며 나섰다.

"그건 안 될 말이오, 이공자! 거기에는 당금 황제의 최측근인 위국공도 있소!"

악초군은 삐딱하게 혁련보를 바라보았다.

"그게 무슨 문재가 되오?"

혁련보가 애써 차분하게 대답했다.

"작금의 황궁은 예전의 황궁과 다르오. 우리가 심어 놓은 간자들이 거의 다 제거된 마당이고, 무엇보다도 전쟁을 승리로 이끈 다음이라 빠르게 안정을 되찾아 가고 있소. 위국공을 죽이면 황제의 격노를 살 것이 뻔한데, 그건 앞으로의 행보에 막대한 지장을 초래할 거요!"

악초군은 새삼스러운 눈빛으로 십천세의 이름이 적힌 죽지를 훑어보며 말했다.

"그러고 보니 그 자식 이름이 없네?"

"……?"

혁련보가 무슨 말인지 몰라서 눈을 끔뻑이는 참인데, 악초군이 고개를 돌려서 일악을 바라보며 재차 명령했다.

"그 자식도 죽여!"

일악이 제대로 이해를 못한 듯 고개를 들어서 악초군을 바라보았다.

그에 반해 혁련보는 바로 이해한 듯 두 눈이 휘둥그레졌고, 좌중의 모두도 반신반의하는 표정으로 변했다.

악초군은 그런 혁련보와 좌중의 반응을 즐기기라도 하듯 자못 음충맞게 웃으며 덧붙여 말했다.

"황제라는 그 자식!"

소용돌이 (1)

"이유야 어찌됐든, 아직도 여전히 황상을 믿는 모양이구나, 너?"

경사 순천부에서 궁성을 제외하면 고루거각이 가장 많다는 왕부정대가의 중심을 차지한 거대한 저택, 강북상권의 사할 이상을 쥐락펴락하는 북경상련이었다.

북경상련의 모든 대소사가 결정되는 대상각(大商閣)의 대청에서 설무백과 마주한 방양은 의미심장한 미소를 드리우며 미심쩍은 눈치를 드러냈다.

설무백은 어깨를 으쓱하며 에둘러 대답했다.

"어떤 면에서는 그렇다고 볼 수 있지."

방양이 말꼬리를 잡았다.

"어떤 면에서?"

"누가 뭐래도 작금의 정국을 안정시키고, 백성들의 안전을 도모할 수 있는 분이잖아. 명예보다는 실리를 추구하는 것도 마음에 들고."

"그래서 더욱 걱정되지 않냐? 이번 일만 해도 그래. 과연 대신들을 설득할 다른 방법이 정말 없었을까?"

설무백은 쓰게 웃었다.

"정말로 나를 믿었을 수도 있지."

방양이 삐딱하게 말했다.

"그보다 속 편한 수단이 없지. 되면 좋고, 아니면 말고. 나는 믿었지만 네가 기대에 부응하지 못했다. 그러니 나는 잘못 없다. 네가 부족한 거다. 흥!"

대뜸 말미에 코웃음을 친 그는 마치 자기 일처럼 분노하며 적개심을 드러냈다.

"뻔뻔한 자기기만이라고 봐, 나는. 아주 더럽고 추하게 영악한 거지."

설무백은 어깨를 으쓱했다.

"결과적으로 그분이 예상이 틀리지 않았으니 할 말 없잖아."

방양이 냉소를 날렸다.

"그래서 더 기분 나빠!"

설무백은 짐짓 곱지 않은 눈초리로 방양을 노려보았다.

"그럼 뭐야? 그분의 뜻대로 되지 말았어야 했다는 거냐, 너

지금?"

방양이 잠시 두 눈을 멀뚱거리다가 이내 아차 하는 표정으로 히죽 웃었다.

흥분한 나머지 그분의 뜻대로 되지 않는 것이 설인보 장군이나 설무백의 죽음을 의미한다는 것을 깜빡 망각하고 있었던 것이다.

"미안, 미안. 실수다, 실수. 그런 의미가 아니라, 그냥 너무 얄미워서."

설무백은 피식 따라 웃으며 말했다.

"아무러나, 적어도 공명심에 눈이 멀어서 대사를 그르칠 분은 아니라고 봐."

방양이 떨떠름한 표정으로 미간을 찌푸렸다.

"엄청 짜증 나네!"

설무백은 웃는 낯으로 짓궂게 물었다.

"설마 너 아까워서 이러는 건 아니지?"

방양이 발끈했다.

"그걸 말이라고……! 이 시국에 우리 상단이 이렇다할 어려움 하나 없이 강북 상권을 주도하고 있는 게 다 네 도움 때문인데 내가 어떻게 그런 생각을 하겠냐! 필요하면 북경상련을 통째로 가져가도 상관없어! 기꺼이 준다, 내가!"

설무백은 짐짓 눈을 흘렸다.

"친구라서가 아니고?"

방양이 머쓱한 표정으로 변해서 손가락으로 콧잔등을 긁었다.

"아, 그게 또 그렇게 되나? 아깝다. 그렇게 말했어야 더 멋있는 건데……!"

설무백은 실소했다.

방양이 다시금 진지한 모습으로 돌아가서 말했다.

"아무튼, 기존의 지원금을 늘려서 전쟁통에 바닥난 황궁의 재정을 채워 줘라 이거지?"

설무백은 고개를 끄덕였다.

"지금 그분에게 가장 급한 불이 그걸 테니까. 그분답지 않게 대신들에게 휘둘리고 있는 것도 그 영향이 적지 않을 거야. 지방 호족들과 끈끈하게 연결되어 있는 여타 대신들과 달리 그분에겐 그런 연줄이 없잖아."

"그럴 수도 있겠네."

방양이 바로 수긍하며 말했다.

"알았다. 바로 조치하도록 할게. 사실 이제야말이지만, 너 다음은 나였을 가능성이 높다. 그분 성격에 너의 비호가 없는 나는 주인 없는 곳간으로 보일 테니까."

설무백은 내심 정말 그럴 수도 있다는 생각이 들었으나, 애써 내색을 삼갔다.

"고맙다."

"고맙긴, 당연한 걸 가지고……!"

방양이 별소리를 다한다는 듯이 눈을 흘기고는 화제를 돌렸다.

"그나저나, 너는 확실히 노는 물이 다르구나. 감히 그분을 무력으로 그리 압박하다니, 정말이지 천하의 그 누구도 꿈조차 꿀 수 없는 일이다. 대단해 정말. 이번 일로 그분도 머리가 많이 복잡하시겠다. 강호무림에 대한 생각이 엄청 변하셨을 테니 말이야."

설무백은 쓰게 웃었다.

"그래서 못내 걱정되기도 한다. 나름 대안을 강구하느라 동창을 엄청 키울 것이 불을 보듯 뻔해서 말이야."

방양이 동의했다.

"이번 사태를 빌미로 숙청의 피바람이 불 것은 자명하고, 그로 인해 황권이 강화된 이후가 문제이긴 하네. 모름지기 칼을 손에 쥐면 한 번이라도 휘둘러보고 싶은 것이 인지상정이니까."

"올바른 결정을 내리길 바라야지."

"너 그래서 이번에 심하게 손을 쓴 거구나?"

"뭐, 대충 그렇지."

설무백은 지나가는 말처럼 대꾸하며 자리를 털고 일어났다.

방양이 따라 일어났다.

"벌써 가려고?"

"가야지."

설무백은 짐짓 한숨을 내쉬며 탄식했다.

"이래 봬도 내가 눈코 뜰 사이 없이 바쁜 몸이시다. 요처무 왕처다(邀處無 往處多), 오라는 데는 없어도 가 볼 데가 많다, 내가."

방양이 슬쩍 눈치를 보며 물었다.

"철각노사도 또 같이 가는 거야?"

"왜? 무슨 일 있어?"

"아니, 그런 건 아니고, 철각노사가 가르치던 애들이 있는데, 오래 자리를 비우시니 애들이 궁금해해서."

"당분간은 여기 계실 거야."

설무백은 대답을 하고나서 잠시 주변의 기척을 살피고는 웃는 낯으로 재우쳐 말했다.

"어째 그분 기척만 사라지고 없다 했더니만, 그래서였나 보네. 벌써 네가 말하는 애들에게 갔나보다."

방양이 실소하며 물었다.

"그러니까, 지금 여기 대청 주변에 꽤나 많은 사람들이 있다는 거지, 네 말은?"

"십여 명 정도."

설무백은 대수롭지 않게 대답하고 재우쳐 물었다.

"근데, 왜?"

방양이 울지도 웃지도 못하겠다는 듯한 표정으로 고개를 절레절레 흔들었다.

"왜긴? 이 좁은 구석에 그 많은 사람이 있다는 것은 차치하고, 그 많은 사람들 앞에서 그분 얘기를 그리 마구 지껄인 네가 황당해서 그러지. 그런데, 됐다. 모르면 몰라도 알면서 그런 거면 다들 그래도 되는 사람일 테지."

설무백은 피식 웃으며 말했다.

"다들 내 사람이야. 믿지 못하면 내 사람이 아니지."

"어련하겠냐."

방양이 서둘러 손을 내저으며 작별을 고했다.

"너하고 얘기하다 보면 내가 너무 모질이 같아서 싫으니까, 어서 빨리 가라. 멀리 안 나간다."

⚜

방양은 말로야 멀리 안 나간다고 했지만, 굳이 오대산인까지 호출하고 꾸역꾸역 뒤를 따라와서 북경상련의 대문 앞까지 설무백을 배웅했다.

그마저 설무백이 짐짓 인상을 쓰며 그만 들어가라고 윽박을 질러서야 멈춘 발걸음이었다.

설무백이 그렇게 북경상련을 나와서 대로로 접어드는 참인데, 소리 없이 사라졌던 철각사가 홀연히 길목에 나타났다.

"이제 저는 버리는 말인 겁니까?"

철각사는 서운한 표정이었다.

설무백은 대수롭지 않게 말했다.

"바쁜 것 같아서. 그리고 어차피 당분간 북경상련에 있어야 할 것 같아서."

그는 미간을 찌푸리며 재우쳐 물었다.

"다 알고 일부러 빠진 줄 알았는데, 그게 아니었던 거예요?"

철각사가 멋쩍게 웃으며 손가락으로 관자놀이를 긁적였다.

"대충 짐작은 하고 있었지만, 그래도 명확히 지시를 받아야 할 것 같아서요."

설무백은 실소했다.

"노인네 참 고지식하기는……."

철각사가 먼 산을 바라보며 말했다.

"사실 나도 내가 이렇게 변할 줄 꿈에도 몰랐습니다."

설무백은 픽 웃었다.

"당분간 여기 있어요. 가능하면 방양 곁에서 너무 멀리 떨어지지 말고요."

철각사가 기꺼운 표정으로 웃으며 공수했다.

"알겠습니다!"

설무백은 돌아서는 철각사를 향해 물었다.

"그런데 대체 왜 내게 그렇듯 깍듯해진 거예요?"

철각사가 돌아보는 대신 발걸음을 서두르며 대답했다.

"묻지 마세요. 나도 잘 모르니까. 방금 전에 말했잖습니까. 나도 내가 이렇게 변할 줄 꿈에도 몰랐다고. 그냥 그렇게 됐습니다."

설무백은 잠시 그대로 서서 시야에서 사라지는 철각사를 물

천외천의
주인

끄러미 바라보다가 이내 픽 웃으며 돌아섰다.

고고매와 함께 뒤를 따르던 공야무륵이 은근슬쩍 그런 그의 곁으로 붙으며 물었다.

"저기, 저만 모르는 겁니까?"

"뭘?"

설무백이 묻자, 공야무륵이 자못 정색하며 말했다.

"난데없이 황하의 강상교 부맹주에게 천살과 지살을 딸려 보내셨고, 황성의 그 어른 곁에 흑영과 백영을 배치하시더니, 이번에는 또 여기 방양 총수 곁에 철각노사를 붙여 두시잖습니까."

설무백은 웃는 낯으로 입을 열었다.

하지만 그가 말하기 전에 암중의 혈노사야가 먼저 나서서 공야무륵을 구박했다.

"그래, 너만 모르고 있는 거 맞다, 이 미련 곰탱이야! 너는 한 방 맞으면 그냥 참고 가만히 있고 싶냐? 너도 한 방 치고 싶잖아! 당연한 대비를 가지고 무슨 알고 모르고를 따지고 자빠졌어!"

"……."

공야무륵이 미간을 찌푸린 채 굳어졌다.

여전히 이해를 못하고 있는 것이다.

혈뇌사야가 혀를 끌끌 차는 것으로 그런 공야무륵을 외면해 버리며 설무백을 향해 말했다.

"그보다 저는 그 어른 곁에 군이 흑영과 백영을 배치할 이유가 있나 싶습니다. 어제 그 어른 뒤에 서 있던 내관(內官)들 보셨지 않습니까. 그 애들이 창공이라는 애보다 더 높은 경지던데, 그 애들 정도면 어지간한 애들이 나서도 괜찮지 않을까요?"

설무백은 에둘러 대답했다.

"그냥. 혹시 몰라서."

혈뇌사야가 잠시 여유를 두었다가 수긍했다.

"그간 봐온 이공자의 작태를 생각하면 확실히 경계하는 것도 나쁘지 않긴 하지요."

그리고 재우쳐 물었다.

"혹시 신경 써야 할 사람이 더 있습니까?"

"있으면?"

"우리 애들을 보내려고요. 애들이 요즘 놀고먹느라 뱃살이 정말 장난 아닙니다. 돌아가면 당분간 아주 호되게 부릴 생각입니다."

설무백은 피식 웃으며 고개를 저었다.

"아니, 됐어. 다른 쪽은 이미 주의를 주었으니까 군이 내가 나설 필요 없어. 사실 그 정도는 각자가 충분히 감당해야 하는 사람들이기도 하고."

"그렇다면야 뭐……."

혈뇌사야가 더는 말하지 않고 수긍했다.

그 순간에 공야무륵이 이마를 치며 외쳤다.

"아, 마교의 그 자식!"

혈뇌사야가 새삼 끌끌 혀를 찼다.

"참, 빨리도 안다."

공야무륵이 무색해진 표정으로 딴청을 부렸다.

설무백은 그저 가볍게 웃어넘기다가 문득 말했다.

"왔냐?"

"쳇! 하여간 속일 수가 없다니까."

허공을 맴도는 볼멘소리와 함께 고고매의 한쪽 어깨에 잔뜩 볼을 불린 요미의 모습이 나타났다.

"대체 어떻게 아는 거야? 다들 몰랐는데?"

설무백은 짐짓 눈총을 주며 말했다.

"쓸데없는 소리 말고, 얘기는 잘 전했지?"

요미가 언제 뽀로통했냐는 듯 헤헤 웃으며 대답했다.

"그야 물론이지. 당분간 절대로 북경상련을 떠나지 말 것. 틀림없이 전했고, 다들 분명히 그런다고 했어."

설무백은 만족한 표정으로 물었다.

"다들 신수가 어때?"

요미가 대답했다.

"오빠가 시키는 대로 꼼꼼히 살펴봤는데, 정말 많이 변했더라고. 특히 청면왜수 공손축과 독안묘수 장철, 자미독수 마태서는 완전히 딴 사람들이 됐어. 예전과 비교하면 대여섯 배는 더 강해져 보이던 걸?"

그랬다.

요미는 북경상련을 지원하고 있는 잔결방의 고수들을 만나서 설무백의 지시를 전하고 온 것이다.

설무백은 더 없이 만족한 표정으로 고개를 끄덕였다. 그리고 이제야말로 발걸음을 재촉하며 공야무륵을 향해 물었다.

"어디라고 했지?"

겸연쩍은 모습으로 딴청을 부리고 있던 공야무륵이 선뜻 무슨 말인지 이해를 못하고 눈을 끔뻑이다가 이내 깨달으며 급히 대답했다.

"항산(恒山)의 계유림(鷄類林)입니다!"

항산은 섬서성 북부에 자리한 명산이고, 계유림은 항산의 북쪽 기슭이었다.

이름 그대로 무리를 지은 닭의 형상을 닮아서 계유림이라는데, 멀리서 보면 흡사 십여 마리의 닭이 모여서 모이를 쪼는 모습처럼 보이는 수풀지대였다.

다만 그중에서 닭들이 쪼는 모이처럼 보이는 것은 가파른 비탈길에 뿌리박힌 거대한 바위였고, 그 아래로는 아름드리나무들로 가려진 작은 공터가 자리했다.

설무백 등이 속도를 내서 하루가 지나기도 전인 다음 날 새벽에 도착한 거기 공터에는 대략 삼십여 명의 사람들이 여기저기 주변에 흩어져 있었다.

승복에 도포, 마의에 짐승가죽 옷 등, 각양각색의 의복에 남녀가 뒤섞인 그들은 하나같이 예사롭지 않은 기도를 소유한 젊은이들이었다. 그리고 삼삼오오 짝을 지어서 흩어져 있는 모습을 보면 자기들끼리도 매우 서먹서먹해 보이는 모습이었다.

그러나 설무백이 모습을 드러내자 다들 첫눈에 알아보며 주변으로 몰려들었다.

"뭐야? 다들 아직 통성명도 하지 않은 거야?"

설무백은 대번에 장내의 분위기를 파악하며 피식 웃고는 대충 자리를 잡고 앉았다.

몇몇 낯익은 얼굴이 그의 눈에 들어왔다.

소림사의 정각과 무당파의 옥양, 화산파의 무허, 아미파의 월정, 종남파의 무장천 등 구대문파의 제자들과 이제는 풍잔을 떠나서 장강십팔타의 총타주인 하백의 제자가 된 동곽무, 녹림도 총표자인 산신군의 의제들 중 막내인 허저, 그리고 사천당문의 당문오형제 중 막내인 독룡 당가천 등이 바로 그들이었다.

그랬다.

설무백은 풍잔을 떠나기 전에 하오문의 연락망을 이용해서 극비리에 구대문파와 녹림, 장강, 사천당문 등, 작금의 강호무림을 주도하는 문파들의 존장들에게 연락을 취했다.

내용은 단지 하나, 그들이 가장 믿을 수 있는 인물을 보내 달라는 요청이었다.

"하긴, 통성명이 중요하진 않지."

설무백은 자신의 주변으로 집결하고 나서 자기들끼리 더욱 어색해하는 그들의 태도를 대수롭지 않게 무시하며 재우쳐 말했다.

"다만 내가 누군지 모르는 사람도 있을 테니, 내 소개는 하마. 나는 설무백이라고 한다."

장내의 기류가 잔잔한 웅성거림으로 잠시 흔들렸다.

설무백의 말마따나 대부분은 그를 아는 처지라 별다른 반응을 보이지 않았으나, 몇몇 그를 모르는 사람들이 감정의 기복을 드러낸 것이다.

설무백은 그게 아랑곳하지 않고 다시 말문을 열었다.

"다들 극비리에 여기로 가 보라는 명령만 받고 왔을 테니, 궁금한 것이 많을 줄 안다. 지금부터 사연을 말해 줄 테니, 궁금한 것이 있다면 기탄없이 물어봐도 좋다."

장내의 기류가 대번에 차분하게 가라앉았다.

다들 하나같이 자파에서 손꼽히는 기재이거나, 적어도 자파의 수장이 믿어 의심치 않는 사람이라는 것을 대변하듯 쉽게 동요하지 않는 침착함을 보여 주고 있었다.

설무백은 내심 만족하며 설명을 시작했다.

"여기 모인 사람들은 하나의 공통점을 가지고 있다. 바로 자파의 존장들이 가장 믿는 사람이라는 거다. 내가 틀림없이 그런 사람을 보내 달라고 했으니까."

그는 한층 더 진지해진 좌중을 둘러보며 말을 이어 나갔다.

"그 이유는 오직 하나다. 나로서는 너희들 문파의 그 누구도 믿을 수 없기 때문이다."

누군가 불쑥 물었다.

"그건 여기 모인 우리들도 믿지 못한다는 말이 아닌가요?"

설무백은 슬쩍 시선을 돌려서 질문한 상대를 확인했다.

종남파의 신성으로 자리매김한 무장천이었다.

"맞다."

설무백은 바로 인정하고 부연했다.

"나는 지금 이 자리에 모인 너희들도 믿지 못한다. 적아를 구분할 수 없다는 소리가 아니다. 그것과 별개로 너희들이 내 지시를 제대로 수행할 수 있을지 의심스럽다는 뜻이다."

장내의 분위기가 들떴다.

다들 이제야 자신들에게 주어질 임무가 어느 정도 막중한지 인지한 것이다.

"내가 직접 선택하지 않고 추천을 받은 이유가 그 때문이다. 그분들 스스로 선택한 사람들이니, 만에 하나 너희들이 임무를 완수하지 못해도 그건 그분들이 책임져야 할 몫이 되니까."

"그래서 우리의 임무가 뭐라는 거죠?"

아미파의 월정이었다.

설무백은 호기심으로 들끓는 좌중의 둘러보며 그들의 임무를 말했다.

"너희들은 오늘부터, 아니, 자파로 돌아간 이후부터 자파의 존장을 지키는 그림자가 되어야 한다. 평상시처럼 행동하며 주변의 그 누구도 모르는, 설령 직계 사형이나 사부도 모르게 말이다."

장내가 웅성거림으로 들썩였다.

저마다 같이 온 동료와 의견을 나누느라 바빴다.

와중에 누군가 손을 들어서 설무백의 시선을 당기며 말했다.

"한 가지 물어볼 것이 있소."

설무백은 상대를 확인했다.

지난날 시비가 있었던 청성파의 청운적비 기소무와 함께 온 청성파의 제자였다.

기소무와 같은 또래로 보이는데, 내색을 삼갔을 뿐이지 장내에 도착한 순간부터 그가 은연중에 눈여겨보고 있던 청년도 사였다.

"명호가……?"

"송풍검(松風劍) 나부진(羅不盡)이오."

설무백의 질문에 가슴을 내밀며 대답하는 청년 도사, 나부진의 안색이 살짝 붉어졌다.

특별한 경우가 아니라면 상대가 자신을 몰라보는 것을 수치로 여기는 무림인들이 있다.

자존심이 강하다기보다는 자존감이 부족한 부류인데, 나부진이 그런 부류인 것이다.

설무백은 슬쩍 고개를 돌려서 나부진 옆에 서 있는 기소무를 바라보았다.

기소무가 뜨끔한 표정으로 그의 시선을 회피하며 딴청을 부렸다.

설무백은 아무래도 무언가 사연이 있는 것으로 느껴져서 다시금 나부진에게 시선을 주며 물었다.

"송풍검객 채곤과는 어떻게 되는 사이지?"

나부진이 한층 더 얼굴을 붉히며 버럭버럭했다.

"아무리 설 대협이라도 그리 함부로 부를 존함이 아니오! 그분은 본인의 사부님이기 이전에 우리 청성파의 대장로이시오!"

어째 별호가 비슷하다 했더니만, 나부진은 청성파의 대장로인 송풍검객 채곤의 제자였던 것이다.

설무백은 이제야 이해하며 딴청을 부리고 있는 기소무를 다시 쳐다보았다.

기소무가 어색하게 미소를 흘리며 어깨를 으쓱했다. 자신도 다른 도리가 없다는 태도로 보이기도 했고, 나부진이 한 방 제대로 얻어터지는 것을 보고 싶다는 태도로 보이기도 했다.

분명 무슨 일이 일어나기를 기대하는 눈빛인 것이다.

기소무로서는 그럴 수 있었다.

분명 선뜻 나서기에는 애매한 입장이었다.

청성신기 주선보가 천하십대고수 중 하나이긴 해도 엄연히 일선에서 물러난 전대의 고수인 데 반해, 송풍검객 채곤은 대장로의 직책을 가지고 작금의 청성파를 주도하는 실세이기 때문이다.

설무백는 내심 그렇게 이해하며 피식 웃는 낯으로 나부진을 바라보았다.

기소무의 기대나 나부진의 분노와 무관하게 채곤의 지위나 이름이 그의 입을 막을 수는 없었다.

"그래, 청성파의 대장로인 송풍검객 채곤의 제자 나부진. 그래서 내게 하고 싶은 말이 뭔지?"

나부진이 대답 대신 새빨갛게 변한 얼굴로 설무백을 노려보았다.

설무백은 무심하게 재촉했다.

"할 말을 잊었나?"

나부진이 지그시 어금니를 악물며 대들 듯이 말했다.

"설 대협의 말대로 존장들께서 우리를 믿는다는 것은 우리가 행하는 모든 것을 믿는다는 뜻이 아니겠소. 그렇다면 우리가 자파로 돌아가서 존장들을 경호할 조직을 구성하면 어떻겠소? 물론 우리가 믿을 수 있는 사람들로 말이오. 본인은 그게 더 적절할 것 같소만?"

"안 돼."

설무백은 듣는 둥 마는 둥 하다가 일언지하에 거절했다.

나부진이 붉으락푸르락하는 얼굴로 변해서 도끼눈을 뜨며 따지고 들었다.

"왜 안 된다는 거요?"

설무백은 씩 웃으며 대꾸했다.

"너 같은 애들이 있어서."

"대체 그게 무슨……!"

"대충 음한계열의 마공으로 보이는데, 누가 주디? 마교총단의 악초군? 아니면 저기 오지에서 쭈그린 채 숨죽이고 있는 야율적봉? 아니, 그보다, 네 사부인 채곤은 네가 이런 거 알고 있냐? 설마 같이 받은 건 아니지?"

나부진이 한 방 맞은 표정으로 굳어졌다.

실로 흥미롭게 지켜보던 기소무가 두 눈이 휘둥그레져서 나부진을 바라보았다.

아니, 그만이 아니라 좌중의 모두가 그랬다.

좌중의 대부분이 설무백을 신임하는 사람들인지라 대번에 의심의 눈초리로 나부진을 주시하는 것이다.

"아, 아니, 그게 무슨 말도 안 되는……!"

나부진이 변병을 하다가 뒤늦게 좌중의 시선을 의식하고는 펄쩍 뛰며 부정했다.

"아니오! 아닙니다! 지금 저자의 말은 턱도 없는 모략이오! 본인은 정말……!"

화산파의 무허가 나서며 나부진의 말을 잘랐다.

"화산의 이름을 걸고 말하건데, 설 대협에게는 마기를 느낄 수 있는 능력이 있소!"

"사실입니다!"

이제는 하백의 제자가 된 동곽무가 맞장구를 쳤다.

"제 목을 걸 수 있습니다!"

아미파의 월정과 녹림의 허저도 동의하고 나섰다.

"저도 그리 알고 있어요! 사매에게 직접 들은 얘기니, 틀림없을 겁니다!"

"저 역시 그게 사실이라고……!"

"닥쳐!"

나부진이 두 눈을 희번덕거리며 악을 썼다.

"감히 누굴 죽이려고 이따위 말도 안 되는 누명을……!"

설무백은 대뜸 나부진에게 손을 내밀었다.

"누명을 벗고 싶으면 내 손을 잡아 봐라. 마공을 익혀서 체내에 축적된 마기가 있다면 죽을 테지만, 마공을 익히지 않아서 체내에 축적된 마기가 없다면 죽지 않을 테니, 내가 이 자리에서 무릎 꿇고 백배 사죄하마."

"……!"

나부진이 분노인지 당황인지 모르게 치를 떨며 설무백이 내민 손을 쳐다보았다.

그리고 꿀꺽 소리가 나도록 마른침을 삼키며 천천히 자신의 손을 내밀다가 한순간 뒤로 물러나며 신형을 날렸다.

"익!"

도주였다.

경공의 조예가 상당했다.

나부진의 신형은 순식간에 장내를 휘감고 있는 아름드리나무들을 넘어가고 있었다.

순간!

쐐애액—!

예리한 파공음이 터지며 한줄기 거무튀튀한 섬광이 아름드리나무들을 넘어서는 나부진의 뒷등을 향해 날아갔다.

나부진이 본능적으로 자신에게 닥쳐오는 위기를 느낀 듯 옆으로 몸을 비틀었으나, 이미 늦었다.

직선으로 뻗어 나간 거무튀튀한 섬광은 여지없이 나부진의 뒷등을 강타했다.

퍽—!

둔탁한 소음이 터지며, 피가 튀었다.

그 속에서 나부진의 등을 강타한 거무튀튀한 섬광의 정체가 드러났다.

한 자루 도끼였다.

"크아악!"

나부진이 단말마의 비명을 내지르며 그야말로 화살 맞은 새처럼 지상으로 추락했다.

공야무륵이 어느새 그 밑으로 달려가서 기다렸다.

나부진의 신형이 둔탁하게 바닥으로 떨어져서 먼지를 일으키는 사이, 공야무륵의 손에 들린 두 번째 도끼가 달무리를 닮은 섬광으로 반원을 그렸다.

나부진의 목을 가르는 죽음의 섬광이었다.

붉은 핏물이 허공에 뿌려지는 가운데, 나부진의 머리가 허공으로 떠올랐다.

공야무륵이 그 머리를 낚아챘다.

그리고 묵묵히 나부진의 등에 박힌 도끼를 회수하고 터벅터벅 설무백의 곁으로 와서 나부진의 머리를 내려놓았다.

좌중 모두는 검붉은 혈광이 번진 나부진의 두 눈가를 똑똑히 확인할 수 있었다.

마공을 익힌 자만이 드러낸다고 알려진 마기의 낙인이었다.

"역시……."

내내 침묵을 지키고 있던 사천당문의 당가천이 그 순간에 처음으로 입을 열었다.

"마교의 자객으로부터 지키는 거였구려."

"또 누가 있겠나."

설무백은 대수롭지 않게 대답해 주고는 어색한 표정으로 어깨를 으쓱이며 덧붙였다.

"물론 누구를 노릴지는 확실하지 않지만 말이야."

쓰게 입맛을 다신 그는 이내 근심을 털어 내듯 짧은 심호흡을 하며 좌중을 둘러보았다.

"또 누구 다른 질문 있는 사람?"

인간의 호기심은 죽음에 대한 공포를 능가한다는 말이 있다.

그것을 증명하듯 무거울 정도로 숙연해진 분위기 속에서도 수많은 질문이 쏟아졌다.

설무백은 차분하게 그 모든 질문에 대답해 주었다.

답이 있는 질문에는 정확한 답을 내놓고, 답이 없는 질문에는 누구나 다 수긍하고 납득할 수 있는 대안을 제시함으로써 모두의 인정을 끌어냈다.

그리고 모든 질의와 응답이 끝난 다음에 모두가 가장 궁금해하면서도 막상 당사자를 포함한 그 누구도 선뜻 나서지 못하고 있는 문제를 해결했다.

"기소무!"

문득 발해진 설무백의 강렬한 호명에 내내 깊은 혼란에 빠져 있던 기소무는 화들짝 놀라며 절로 부동자세를 취했다.

"예!"

당사자인 기소무는 말할 것도 없고, 좌중 모두의 관심이 설무백에게 집중되었다.

설무백은 이전과 달리 부드럽게 말했다.

"다른 사람들과 달리 너만큼은 내가 직접 지명했다. 왜냐면 너는 나를 겪어 본 사람이고, 나 역시 너를 겪어 봐서 청성파의 그 어떤 제자보다도 믿을 수 있다고 생각했기 때문이다."

"……."

마냥 잘해 주던 상관이 어쩌다 한번 자신을 등한시하면 더 없이 서운하지만, 마냥 못해 주던 상관이 어쩌다 한 번 손을 내밀어 주면 감격하는 것이 사람의 마음이다.

지금 기소무가 그랬다.

진심을 담은 설무백의 부드러운 고백에 그는 와르르 무너졌다.

다른 사람들의 시선을 의식하지 않고 털썩 무릎을 꿇으며 고개를 절레절레 흔들었다.

"이제 저는 정말 아무것도 모르겠습니다. 사부님들의 관계로 인해 본의 아니게 거리를 두고 지냈지만, 나부진과 저는 하나뿐인 동기이며 선의의 경쟁자라고 생각했습니다. 그런데 나부진이 마교의 주구였다니, 저는 정말 이제 누구를 믿고 무엇을 어떻게 해야 할지 그저 캄캄하기만 합니다."

설무백은 묵묵히 쪼그리고 앉아서 기소무와 시선을 맞추며 진중하게 말했다.

"나는 청성파의 그 누구도 믿지 않는다. 당연하게도 그 속에는 나부진의 사부인 청성파의 대장로 송풍검객 채곤은 물론, 너를 이 자리로 보낸 당금 청성파의 장문인 청풍검(淸風劍) 신학(神鶴)과 네 사부인 청성신기 주선보도 포함된다."

기소무의 얼굴이 참담하게 일그러졌다.

이미 짐작은 했으나, 막상 설무백의 입에서 같은 말이 나오자 실로 암담해진 것 같았다.

설무백은 그에 아랑곳하지 않고 계속 말했다.

"이유는 간단하다. 사람들이 무심코 간과하고 있으나, 청성파는 마교의 무리가 들끓는 이 혼돈의 시대에서 유일하게 성세를 거듭하고 있다. 무림맹을 지원하며 사천당문, 아미파와 함께 중원의 서쪽을 방어하면서도 말이다."

"......!"

"해서, 나는 그간 의도적으로 청성파를 외면하고 있었다. 마교의 무리로부터 청성파를 정화하는 것은 득보다 실이 많다고 생각했기 때문이다. 거사를 앞둔 마당에 자칫 마교의 무리에게 경각심을 심어 줄 수 있으니까."

기소무가 질끈 입술을 깨물며 물었다.

"하면, 저는 어떻게 해야 하는 겁니까?"

설무백은 대답에 앞서 기소무의 두 눈을 뚫어지게 응시했다. 기소무의 내면을 들여다보며 각오를 확인하는 것이다.

다행히 기소무는 그의 시선을 피하지 않고 마주했다.

혼란스러움은 여전했으나, 어떻게든 청성파를 살리고 싶다는 뚜렷한 각오가 엿보였다.

설무백은 이제야 어느 정도 확신을 가지며 있는 그대로의 진심을 털어놓았다.

"네가 해야 할 일은 다른 이들과 달리 두 가지다. 하나는 저들이 누구를 노리나, 그다음은 누가 그들을 돕는가."

"저들이 노리는 분을 구하는 게 아니고요?"

"구할 수 있으면 좋지. 다만 선후의 문제다. 우선은 너를 드러내지 말고 정확히 지켜보는 것이 더 중요하다는 거다."

기소무가 이해했다는 듯 다부진 눈빛으로 고개를 끄덕였다.

"알겠습니다."

설무백은 쓰게 웃으며 말을 더했다.

"물론 저들이 청성파를 노리지 않을 수도 있다. 하지만 그게 최악이다. 청성파가 이미 그들의 수중에 있다는 뜻일 테니까."

기소무가 안색이 변해서 물었다.

"그때는 어떻게 해야 하죠?"

설무백은 바로 대답해 주었다.

"너 역시 아무것도 하지 않으면 된다. 그냥 지켜보고 구별하는 거다. 누가 저들에게 동조하는지, 호의를 가지고 있는지."

그는 다독이듯 기소무의 어깨를 잡아 주며 덧붙여 말했다.

"혹시나 하는 노파심에서 말하는 건데, 지금 이건 전적으로 기소무 네가 적어도 청성파 내에서는 그 누구도 함부로 할 수 없는 청성신기 주선보 어른의 의발전인이기에 가능한 일이다. 항시 청성파에는 너의 행동을 제재하거나 추궁할 사람이 거의 없다는 사실을 잊지 마라."

그는 피식 웃으며 거듭 당부했다.

"나 역시 이런 게 도움이 될지는 몰랐다만, 무슨 일이 있어도 절대 변하지 말고 본래의 너처럼 매사에 오만하고 방자하게 굴라는 소리다. 무슨 말인지 알겠지?"

기소무가 머쓱해하다가 이내 피식 웃으며 되물었다.

"이거 칭찬인 거죠?"

설무백은 이것으로 되었다고 생각하며 따라 웃었다.

나부진이 마교의 간세였다는 사실이 드러난 이후 너무도 바짝 얼어붙어 있어서 내심 못내 걱정했는데, 기우였다.

타고난 성격은 어디 가지 않는다더니, 이내 미소를 보일 정도의 여유를 되찾은 것이다.

"물론이지."

기소무가 그제야 웃는 낯으로 자리를 털고 일어났다.

앞서 절망한 듯 힘없이 무릎을 꿇을 때와는 전혀 달라진 모습이었다.

기소무를 따라서 일어난 설무백은 애써 기꺼운 표정을 누르고 좌중을 둘러보며 말했다.

"다들 마찬가지다. 이건 만일을 위한 대비다. 지금으로서는 저들의 도발이 있을지 없을지 아무도 모른다. 그러니 다들 기본적으로 오늘 이 자리에서의 대화는 혼자서 삭이고 불문에 붙여야 한다. 저들의 도발이 없다고 해서 자파의 내부에 저들의 간자가 없다는 얘기는 아니라는 것을 명심하도록!"

설무백이 극비리에 주도한 집회는 그렇게 끝났다.

다들 약속을 하고 뿔뿔이 흩어졌다.

마지막으로 자리를 떠난 것은 아미파의 월정과 사천당문의 당가천이었는데, 끝내 저마다 한마디씩 불신을 토로하긴 했으나, 설무백의 뜻을 거부하진 않았다.

"당최 믿기진 않지만⋯⋯."

"일단은 설 대협의 뜻을 다르겠소."

두 사람 다 자신의 문파와 가문에 마교의 간자나 마교를 돕는 배반자가 있다고는 생각하지 않는 것이다.

아니, 생각하기 싫은 것일 터였다.

"없다면 정말 좋은 일이니, 두 분은 그냥 기뻐하면 되오."

설무백은 대수롭지 않게 웃으며 여지를 남기는 것으로 그들의 불신을 무마했다.

희여산이 실소했다.

"당신다운 대답이네요."

그리고 다른 말이 없었다.

그냥 그것으로 설무백의 말을 인정하는 모습이었다.

당가천은 의외라는 표정으로 슬쩍 희여산을 보았다.

그가 아는 그녀는 이런 여자가 아니었다.

세상 그 어떤 여자보다도 차갑고 냉정하며 표독스러운 여자였다.

'그랬던 여자가⋯⋯.'

당가천은 새삼스러운 눈빛으로 설무백을 바라보았다.

그가 바로 희여산을 변화시킨 사람임을 느낀 것이다.

'그러고 보면⋯⋯.'

자신도 그랬다.

고작 몇 번의 만남이 다인 인연임에도 설무백의 존재가 친숙하면서도 무겁게 다가왔다.

세상에는 간혹 이런 사람이 있다.

존재하는 것만으로도, 그저 바라보는 것만으로도 다른 사람의 가슴을 뛰게 만든다.

사소한 일에도 사람들의 시선을 모으고, 평범해 보이면서도 특별한 느낌을 주며, 별다른 관계가 아님에도 이유를 모르게 친숙해져서 믿고 의지하려는 마음이 드는 그런 사람이다.

능히 기존의 질서를 바꿀 수 있는 사람, 소위 사람들이 말하는 영웅이다.

당가천은 내심 그걸 인정하며 말했다.

"설 대협은 정말 무서운 사람이오."

설무백은 이유도, 의미도 묻지 않고 그저 특유의 미온한 미소를 지으며 대답했다.

"그런 사람이 적이 아니니 얼마나 다행입니까."

"과연 그렇구려."

당가천은 웃는 낯으로 바로 인정하며 공수했다.

"그럼 본인은 이만 가려니와, 설 대협의 무운을 빌겠소."

설무백은 묵묵한 공수로 당가천을 배웅했고, 못내 아쉬운 기색을 드러낸 희여산과도 작별을 고했다.

당가천과 희여산이 그렇게 떠나자마자 다른 사람들이 그들의 자리를 메웠다.

기다렸다는 듯 설무백의 면전으로 떨어져 내리는 그들은 바로 희여산과 남궁유아, 그리고 산동대협 용수담이었다.

"정말 번거롭게 하네요."

돌아가는 일행에서 몰래 빠져나와서 다시 돌아온 희여산은 트집을 잡으려는 시어미처럼 퉁명스럽게 인사했고.

"귀찮게 멀리도 부르네."

남궁유아는 정말 귀찮다는 듯 퉁명스럽게 투덜거리는 것으로 인사를 대신했으며.

"그간 적조했네, 설 공자. 듣자 하니 그간 몹시 바빴던 것 같던데, 무림맹까지 신경 쓰게 해서 정말 면목이 없네그려."

용수담은 늘 그렇듯 사람 좋은 미소를 보이며 안부를 묻는 것으로 겸연쩍어 했다.

설무백은 말없이 정중히 공수하는 것으로 답례하고는 바로 본론을 꺼냈다.

"다들 이미 들었을 테니, 굳이 설명을 더하지는 않겠습니다."

남궁유아와 용수담은 희여산과 함께 왔으나, 따로 주변에 은신한 상태로 그와 각대 문파에서 호출한 신성들이 주고받는 대화를 듣고 있었던 것이다.

"어라, 새삼스럽게 웬일로 극존칭?"

"우리가 아니라 용 노사께서 계시니까 그런 거지."

설무백은 보란 듯이 어이없어하는 희여산과 남궁유아의 빈정거림을 무시하며 하던 말을 계속 말했다.

"무림맹의 경우는 조금 많이 복잡합니다. 저들이 노릴 수 있는 사람도 많은데다가, 외부로부터가 아니라 내부의 간자가 움직일 수도 있으니까요."

용수담이 이제야 알겠다는 듯 고개를 끄덕이며 말을 받았다.

"아, 그래서 우리 세 사람을 부른 것이로군. 여차하면 병력을 동원할 수 있도록 말이야."

설무백은 바로 수긍했다.

"그렇습니다."

남궁유아는 무림맹의 양대 무력 중 하나인 천검대의 대주이고, 희여산은 그 다른 하나인 지검대의 대주, 그리고 용수담은 무림맹주와 수뇌부를 경호하는 친위대의 대주였다.

용수담의 말마따나 여타 문파의 경우와 달리 무림맹은 별 수 없이 병력을 동원해야 한다는 것이 설무백의 판단인 것이다.

"단, 절대로 태를 내서는 안 됩니다. 평소와 다름없이 움직이면서 여차하면 언제든지 나설 수 있는 태세로 요인들의 주변 경계를 강화해야 하는 겁니다."

용수담이 고개를 끄덕이며 멋쩍게 웃었다.

"정말 그럴 듯한 거짓말을 준비해야겠군그래. 어떤 식으로든 결국 영내의 대기조를 늘려야 할 테니 말이야."

희여산이 어깨를 으쓱하며 제안했다.

"뜻하지 않게 거사의 시기가 미루어졌다는 점을 활용하면 되겠네요."

설무백을 비롯한 모두의 시선이 그녀에게 쏠리는 가운데, 남궁유아가 물었다.

"어떻게 활용해?"

희여산이 말했다.

"갑자기 생긴 변수니 또 다른 변수도 생길 수 있잖아요. 따라서 아직 모르는 일이니 언제든지 출동할 수 있는 준비를 하고 있으라고 해 두면 되지 않겠어요?"

"오……!"

남궁유아가 감탄하며 바로 동의했다.

"그거 괜찮네!"

용수담이 반색한 얼굴로 고개를 끄덕이면서도 바로 동의하지 않고 슬쩍 설무백을 바라보았다.

어떻게 생각하느냐고 묻는 눈빛이었다.

설무백은 기꺼이 웃으며 고개를 끄덕였다.

"괜찮을 것 같네요."

용수담이 그제야 손뼉을 치며 호탕하게 말했다.

"좋아, 그럼 그것으로 하지!"

"근데……?"

희여산이 슬쩍 설무백을 쳐다보며 조심스럽게 물었다.

"우리도 이 일을 우리만 알고 있어야 하는 건가요?"

설무백은 그렇다고 대답하며 부연했다.

"눈치 채는 사람도 있어도 그냥 무시하시오. 유독 관심을 보이는 사람은 주의 깊게 살피고."

용수담이 침음을 흘렸다.

"그렇게나 속아 냈는데도 불구하고 아직도 여전히 무림맹의 내부에 놈들의 간자가 적지 않다고 생각한다는 얘기로군. 그런가?"

설무백은 쓰게 웃으며 인정했다.

"아마도요."

용수담이 한숨을 내쉬었다.

"자네의 아마도는 정말 그렇다는 말보다 더 확고한 생각 같아서 정말 속이 쓰리군. 알겠네. 한 치도 어김없이 자네의 말을 따르도록 하지."

남궁유아가 용수담의 말이 끝나기 무섭게 설무백과 희여산을 둘러보며 불쑥 물었다.

"그럼 이제 우리 얘기 다 끝난 건가요?"

용수담이 어리둥절해했다.

"왜 이리 서둘러?"

설무백은 바로 눈치채며 물었다.

"내게 무슨 다른 할 말이라도?"

남궁유아가 사내처럼 씩 웃으며 말했다.

"내 얘기는 아니고, 동생이 물어보라네요. 굳이 거사의 시기를 미루는 이유가 뭐냐고, 단지 저들의 심정을 방만하게 만들려는 이유만으로는 어딘지 모르게 적이 미진한 구석이 있다나 뭐라나. 아무튼, 혹시 진짜 다른 이유가 있는 거요?"

설무백은 내심 감탄했다.

과연 무림맹의 지낭(智囊)이었다.

여태 그 누구도 품지 않은 의심을 그녀만이 품은 것이다.

"있소."

설무백은 굳이 감추지 않고 사실을 털어놓았다.

"내가 아직 완성되지 않아서 그렇소."

소용돌이 (2)

"거기서 얼마나 더……?"

계유림을 벗어나서 항산의 능선이 아련한 배경으로 깔리기 시작한 관도였다.

고고매의 어깨에 앉아서 설무백의 뒤를 따르던 요미가 밑도 끝도 없이 불쑥 던진 질문이었다.

"뜬금없이 그게 무슨 말이야?"

설무백이 무심코 되묻자, 요미가 딴청을 부리듯 먼 산을 바라보며 주절주절 말했다.

"작금의 천하에 오빠를 상대할 수 있는 사람이 과연 몇이나 될까? 아니, 있기는 할까?"

"그 얘기냐?"

"응, 그 얘기야. 내가 아는 오빠는 천하무적이야."

"그건 너무 과대……."

"과대평가가 아니야."

요미가 자못 앙칼진 목소리로 잘라 말했다.

"그럼 한번 대답해 봐. 작금의 강호무림에서 나와 공야 아재, 그리고 저 철면피 철면신과 혈노야의 합공을 감당할 수 있는 사람이 있을 것 같아, 없을 것 같아?"

설무백은 질문의 의도를 익히 파악하기에 굳이 단정하지 않았다.

"아주 없지는 않을 걸 아마?"

요미가 기대하던 대답이 아닌지 뾰로통해져서 대꾸했다.

"그래 아주 없지는 않을 수도 있겠지. 하지만 정말 거의 없다시피 아주 드물 거야. 장담하는데, 철각 노야도 절대 감당할 수 없어. 맞지?"

철각 노야, 즉 이제는 철각사로 살고 있는 지난날의 천하제일고수 무왕 석정을 말함이었다.

설무백은 쓰게 입맛을 다셨다.

석년의 무왕이라면 모르겠으나, 작금의 무왕이라면 인정하지 않을 수 없었다.

작금의 무왕은 이전과 달리 무인으로서 더 없이 치명적인 약점을 가지고 있었다.

한쪽 눈을 잃어서 사각이 생기고, 한쪽 다리를 잃어서 운신

천외천의
주인

의 폭이 좁아진 지금의 무왕으로서는 요미 등의 합공을 감당하기 어려웠다.

"석년이 아닌 지금이라면 뭐, 대충 그렇겠지."

요미가 이때다 싶은 표정으로 눈을 빛내며 말했다.

"그런데 오빠는 그런 우리들의 합공을 가볍게 상대할 수 있잖아. 그러니 천하무적이지."

"나도 가볍게는……."

"또 그런다!"

요미가 자못 뾰족한 목소리로 설무백의 어색한 부정을 자르며 강변했다.

"요는 이거야. 그런 오빠가 완성되지 않았다는 것이 말이 되는 거냐고? 설령 완성되지 않았다고 쳐도 그래. 이미 천하에 적수가 없는데, 대체 그게 무슨 상관이라는 거야?"

설무백은 잠시 대답을 못하고 망설였다.

아무래도 얘기가 길어질 것 같아서였다.

대충 무시하고 그냥 넘어갔으면 좋으련만 그럴 수도 없게 되었다.

암중의 혈뇌사야가 요미를 말에 동의하고 나섰다.

"사실 노복도 그게 궁금합니다. 그동안은 그저 보다 더 유리한 입장에서 싸우시겠다는 것으로만 이해하고 있었는데, 아까 갑자기 그런 말씀을 하셔서 조금 놀랐습니다."

모두의 이목이 설무백에게 집중되었다.

암중에서 따르던 혈뇌사야도 이미 모습을 드러낸 채 그를 주시하고 있었다.

설무백은 이제 더는 외면하지 못하고 발길을 멈추며 말문을 열었다.

우선은 질문이었다.

"지금 내가 품은 내공이 얼마나 될 것 같아?"

시종일관 그들의 대화에 무심함을 견지하던 공야무륵이 선뜻 먼저 입을 열었다.

내색을 삼갔을 뿐, 그 역시 요미나 혈뇌사야처럼 관심이 지대했던 것이다.

"한 이십 갑자는 되지 않을까요?"

혈뇌사야가 고개를 저으며 말을 받았다.

"그동안 흡정흡기신공(吸精吸氣神功)을 통해서 숱한 마두들의 진기를 흡수하셨지요. 개중에는 마왕들도 있었고요. 하니, 제가 보기엔 적어도 삼십 갑자는 넘으셨으리라 봅니다."

설무백은 가타부타 말없이 고개를 돌려서 대답하지 않고 있는 요미와 고고매를 바라보았다.

고고매가 사내처럼 씩 웃으며 대답했다.

"저는 그런 거 잘 모릅니다. 다만 무조건 천하제일이실 겁니다. 잔트가르시니까요."

설무백이 머쓱해하는 사이, 요미가 혀를 내밀며 웃었다.

"헤헤, 나도 그건 생각해 본 적이 없어서…… 무지막지하게 세니까 한 오십 갑자는 되지 않을까?"

설무백은 그저 웃고는 관도와 서너 장 정도 떨어진 측면에 높이 치솟은 아름드리나무를 향해 손을 뻗어 냈다.

순간, 아름드리나무가 그의 손을 향해 크게 휘어져 이내 중동이 부러져 나갔다.

따아아악—!

생나무가 부러지는 굉음이 사방으로 퍼져 나가는 가운데, 지켜보던 모두의 눈이 크게 떠졌다.

분명 허공섭물이었다.

설무백은 단지 허공섭물만으로 아름드리나무를 당겨서 부러트려 버린 것이다.

어지간한 일에도 눈 하나 깜짝하지 않는 공야무륵이 말을 더듬었다.

"저, 정말로 요미의 말마따나 족히 오십 갑자도 넘겠는 걸요?"

설무백은 대수롭지 않게 대꾸했다.

"대충 그래. 얼마 전에 육십 갑자를 넘어섰지."

"……!"

모두가 할 말을 잃고 넋이 나간 표정으로 굳어져서 설무백을 바라보았다.

설무백은 그에 아랑곳하지 않고 앞서 신기를 보여 준 자신의 손을 이리저리 살펴보며 미간을 찌푸렸다.

"하지만 정제되지 않았어. 지금의 내 몸은 그야말로 혼돈의 도가니와 같아. 나와 어울리지 않는 진기들을 거의 다 분리해서 따로 한곳에 보관하고 있는데도 불구하고 그래. 물이 부족한 진흙처럼 찰기가 없다고나 할까? 섞이긴 했는데 제대로 조화를 이루지 못하고 있지."

공야무륵이 걱정스럽게 물었다.

"과유불급(過猶不及)이라는 건가요?"

설무백은 어깨를 으쓱하며 부정하지 않았다.

"그럴 수도 있어. 작은 그릇에 너무 많은 것이 들어와서 위로 부풀어 오르는 바람에 제대로 조화를 이루지 못하는 것일지도 모르지."

혈뇌사야가 부정했다.

"그럴 리가 없습니다. 작은 그릇에 너무 많은 것이 들어온 것이라면 부풀어 오르는 게 아니라 넘치는 법입니다. 무언가 다른 요소가 작용한 것이 아닌가 싶군요."

설무백은 특유의 미온한 미소를 지으며 고개를 끄덕였다.

"사실 나도 같은 생각이야. 그게 뭔지 찾기 위해서 시간이 필요한 것이고."

"그게……."

혈뇌사야가 말문을 열어 놓고 잠시 뜸을 들이다가 조심스럽게 말했다.

"어쩌면 천마불사신공과 연관된 그 무엇일 수도 있지 않나 싶습니다. 천마불사신공은 천마불사공이라고 불리기도 하지만 달리 천마호심공이라고도 불리기도 합니다. 그 이유가 의미심장한데, 불사공이면서 호심공이라는 뜻이지요. 돌이켜 보면 작고하신 천마대제께서 유독 천마공자께만 천마불사심공을 전해 준 이유가 그 때문이 아닌가 싶습니다."

설무백은 고개를 갸웃했다.

"이공자인 악초군도 천마불사신공을 익혔잖아?"

혈뇌사야가 냉소를 머금고 대답했다.

"그건 진짜가 아닙니다. 아니, 진짜이긴 하지만 천마대제께서 전해 준 것이 아니라, 배은망덕하게도 갈취한 겁니다."

"갈취? 누구에게?"

"조사전을 파헤쳤습니다. 천마불사신공이 아니고서는 천마검으로 펼치는 아수라파천무 혹은 마검파천황이라 불리는 마도 최강의 마검법을 펼칠 수 없지요. 천마검은 물려받았으나, 천마불사신공을 물려받지 못한 이공자가 천마검의 권위를 이용해 팔로문(八路門)의 원로들을 소집했고, 강제로 조사전을 열었습니다."

"팔로문의 원로들은 또 누구를 말하는 거야?"

"아, 그게 팔로문은 마교대종사를 보좌하는 여덟 명의 원로가 칩거한 은거지입니다. 본디 천마검의 권위로도 부를 수는 있어도 부릴 수는 없는데, 이공자가 어떤 수단을 부렸는지 그들이 나섰고, 조사전을 여는 데 동의했지요."

설무백은 피식 웃으며 말했다.

"이공자 악초군의 거만이 거기서 나온 건가? 팔로문의 원로들을 부릴 수 있는 천마검에서?"

혈뇌사야가 에매한 표정으로 미간을 찌푸리며 대답했다.

"말씀드렸다시피 본디 천마검은 팔로문의 원로들을 부를 수는 있을지언정 부릴 수는 없습니다. 불러서 논의한다는 의미지요. 하지만 이제는 잘 모르겠습니다. 이공자가 무슨 수작을 부렸는지는 몰라도, 조사전까지 파헤친 마당이니 다른 명령도 수행할 수 있을 테지요."

설무백은 씩 웃었다.

"갑자기 한 사람의 명호가 떠오르는군."

혈뇌사야가 두 눈을 끔뻑였다.

"누구요?"

설무백은 웃는 낯으로 말해 주었다.

"고독진군 요의진."

혈뇌사야의 눈이 커졌다.

"아……!"

설무백은 의미심장하게 말을 더했다.

"절차가 조금 복잡해서 그렇지, 일단 당하면 천하의 그 누구도 자력으로 벗어날 수 없는 것이 바로 고독이지. 게다가 내가 몇 번 겪었어, 고독술에 당해서 마교의 지령을 받으며 살던 관부의 사람들을."

혈뇌사야가 바로 수긍하며 이를 갈았다.

"이공자라면 충분히 그러고도 남지요. 중원무림만이 아니라 나라마저 뒤엎고도 남을 사람이지요."

설무백은 묵묵히 고개를 끄덕이다가 이내 안색을 바꾸며 말했다.

"그건 그렇고, 조사전에서 얻은 천마불사신공이 가짜라니? 그건 또 무슨 얘기야?"

혈뇌사야가 어색한 미소를 흘리며 대답했다.

"가짜라는 건 조금 과장된 얘기고, 다른 것은 분명합니다."

"어떻게 다르다는 거지?"

"천마불사신공은 마교의 역대 대종사들이 대를 이어서 발전시킨 마공입니다. 해서, 단순하게는 대종사들 중에도 천마불사신공에 정통한 분이 있었던 데 반해 그렇지 못한 분도 계셨고, 이전의 것보다는 다음 대의 것이 더 발전된 형태의 신공이라는 것이 마교의 모두가 아는 사실입니다."

설무백은 이제야 이해했다.

"그러니까 악초군이 익힌 천마불사신공은 천마공자가 익힌 천마불사신공보다 못하다?"

"확실히 그렇습니다. 이전 몇 대에 걸쳐서는 전혀 발전이 없었다는 것이 노복을 포함한 삼전오문구종의 종사들이 내린 결론입니다. 다만 당대에 와서 크게 달라졌지요. 작고하신 천마대제께서는 역대 그 어떤 대종사보다 천마불사신공에 정통한 분으로 자타가 공인하는 분이십니다."

혈뇌사야가 확신에 찬 표정으로 대답하고는 이내 오만상을 찡그리며 탄식했다.

"아무려나, 말이 샛길로 빠졌는데, 노복의 생각으로는 주군께 천마불사신공이 필요한 것이 아닌가 싶습니다. 천마불사신공만이 천마령의 권능을 감당할 수 있다는 얘기지요."

그는 말미에 슬쩍 설무백을 쳐다보며 넌지시 물었다.

"정말로 천마공자님께 천마불사신공은 물려받지 못하신 겁니까?"

설무백은 절로 고소를 금치 못했다.

그리고 이내 눈을 부릅뜨며 버럭버럭했다.

"난 그분 얼굴도 못 봤다니까!"

혈뇌사야가 찔끔하며 자라목을 했다.

천하의 마왕의 그런 모습은 무던한 설무백조차 절로 미소 짓게 만들었다.

"하지만 걱정 마."

설무백은 애써 미소를 거두며 의미심장하게 말했다.

"방법이 아주 없는 것 같지는 않으니까."

혈뇌사야가 대번에 반색하며 관심을 보였다.

"설마 천마불사신공과 상관없이 벌써 다른 어떤 방법을 찾아내신 겁니까?"

설무백은 슬쩍 고개를 저었다.

"다른 방법이 아니라 같은 방법이야."

혈뇌사야가 어리둥절해했다.

"예?"

설무백은 빙그레 웃었다.

"이미 내 몸 안에 그에 대한 대안이 들어 있을지도 모른다는 소리야."

혈뇌사야가 더욱 모르겠다는 표정으로 눈을 끔뻑거렸다.

"예에……?"

설무백은 손바닥을 펴서 내밀었다.

순간, 그의 손바닥에서 빛이 나기 시작하며 붉은 칼날과 같은 것이 솟아 나왔다.

반자 가량의 붉은 수정처럼도 보이고, 검은 불꽃처럼도 보이며 이글이글 마기를 토해 내는 결정체, 천마령이었다.

"천마령!"

혈뇌사야가 감격했다.

설무백은 그저 미온하게 웃으며 말했다.

"원래는 이보다 훨씬 컸지. 물론 지금도 원래의 크기대로 만들 수 있지만, 이게 지금 아직 내 진기와 융합하지 못하고 체내에 남아 있는 전부지."

"……?"

혈뇌사야가 도통 무슨 말인지 모르겠다는 표정으로 오만상을 찡그리다가 이내 깨달은 듯 두 눈을 번쩍 떴다.

"그, 그럼 어쩌면 그 속에 천마불사신공이······?"

설무백은 씩 웃었다.

"어쩌면······."

그는 자신의 손바닥에서 불꽃처럼 이글거리는 천마령의 발화를 직시하며 말했다.

"이걸 다 내 것으로 만들면 알게 되겠지."

문제는 시간과 장소였다.

보다 정확히는 여건이었다.

우선 거사의 시기는 마냥 뒤로 미룰 수 있는 것이 아니었다.

악초군이 마교총단의 중원 입성을 보류하고 있는 이유는 배후를 노릴 수 있는 야율적봉의 세력을 의식해서였다.

그러나 돌발적인 변수는 어디에도 존재하는 법이었다.

초록은 동색이라고 악초군과 야율적봉이 모종의 합의를 통해 극적으로 손을 잡는다면 중원무림은 공격이 아니라 수비를 도모해야 하는 상황이 벌어지는 것이다.

그다음의 문제는 설무백이 폐관수련은커녕 어디 한곳에 머물며 수련할 수 있는 처지가 아니라는 사실이었다.

여차하면 그 어디에서도 쉽게 감당하기 어려운 사태가 벌어질 수 있었다.

조금 과장해서 몸이 백 개라도 모자를 판이라 어디 처박혀서 수련에 몰두한다는 것은 언감생심 꿈도 꾸지 못할 일이었다.

'누가 시킨 것도 아닌데······.'

설무백은 애초의 계획에 따라 흑점으로 가는 길목에서 문득 그런 생각이 들었다.

예전에는, 전생에는 전혀 이렇지 않았다.

다른 누구를 생각하기에 앞서 내 앞에 놓인 걸림돌부터 해결하는 것이 당연했다.

정말로 옛 선인들의 말처럼 사람이 자리를 만드는 것이 아니라 자리가 사람을 만드는 것일까?

싫진 않지만 적잖이 심란했다.

그 마음이 자신도 모르게 표정으로 혹은 기색으로 드러난 모양이었다.

암중의 혈뇌사야가 말을 붙여 왔다.

"무슨 걱정거리라도 있으십니까?"

"아니, 그냥……."

설무백은 에둘러 대답을 회피하려다가 이내 마음을 고쳐먹고 솔직하게 말했다.

"이 길이 맞나 싶어서."

"흑점으로 가는 길은 이 길이 맞습니다만?"

"혈노도 농담을 할 줄 아네?"

"큭큭, 전에는 안 그랬는데 변했지요. 공자님을…… 주군을 만나서 말입니다."

"……."

설무백은 혈뇌사야가 지금 자신의 마음을 꿰뚫어 보고 있다는 기분이 들었다.

아니나 다를까, 혈뇌사야가 친근한 어조로 곧바로 다시 말했다.

"사람은 변하기 마련입니다. 좋은 쪽으로든 좋지 않은 쪽으로든 말입니다. 안 그러면 죽지요."

설무백은 실소했다.

"그건 너무 극단적이군."

혈뇌사야가 넌지시 물었다.

"변해서 혹은 변하는 것이 싫으십니까?"

설무백은 바로 대답하지 못했다.

싫지 않았다. 그렇지만 좋다는 기분도 없었다.

그는 그 느낌 그대로 대답했다.

"싫지도 않고, 좋지도 않아. 그래서 더욱 찜찜해."

혈뇌사야가 웃었다.

"인간은 본디 현실에 만족하는 동물이 아니지요. 그래서 항상 꿈을 꾸지 않습니까."

설무백은 잠시 뜸을 들이다가 물었다.

"지금 내가 걱정할 필요 없는 정상이라고 위로하고 싶은 거야?"

혈뇌사야가 아니라고 대답했다.

"그 반대입니다. 그러므로 이겨 내셔야지요. 주군이라면 얼마든지 이겨 내실 수 있으리라고 봅니다. 대인은 다른 누구도 아닌 자신을 이김으로서 스스로를 향상시킨다고 하니, 아무래도 주군께서 지금보다 더 크시려는 모양입니다그려."

설무백은 짐짓 투덜거렸다.

"언제 시문(時文)을 공부한 거야? 말이 아주 청산유수(靑山流水)네."

혈뇌사야가 새삼 특유의 기괴한 웃음을 흘리며 대답했다.

"큭큭, 믿으실지 모르겠지만 이래 봬도 젊은 시절 한때는 이백(李白)과 두보(杜甫)의 시문을 읽으며 시인을 꿈꾸던 적도 있었습니다. 돌이킬 수 없는 마공에 전념한 것도 기실 그 때문이었습니다. 피를 마셔야 사는 혈가의 저주를 벗어나고자 사력을 다했지요."

설무백은 절로 말문이 막혔다.

세상은 생각할 수 있는 것 이상으로 단순하면서도 이해할 수 있는 것 이상으로 복잡하다더니, 정말 그런 것 같았다.

피로 물든 별호를 가진 혈노에게 그처럼 아픈 과거가 있을 줄이야 그로서는 정말 상상도 하지 못한 일이었다.

혈뇌사야가 그런 그의 마음을 아는지 모르는지 전에 없이 선명한 목청으로 시문을 노래했다.

십년마일검(十年磨一劍).
상인미증시(霜刃未曾試).
금일파사군(今日把似君).

수유불평사(誰有不平事).

십 년 간 칼을 갈았으나.

서리 같은 칼날은 아직 시험해 보지 못했다.

오늘 이 칼을 그대에게 주노니.

그 누가 공평치 못한 일을 자행하리오.

당대(唐代)의 시인인 가도(賈島)가 지은 검객(劍客)이라는 시구였다.

설무백은 절로 미소를 지으며 말했다.

"이백과 두보를 말하면서 가도의 시를 읊는 건 또 무슨 경우야?"

혈뇌사야가 천연덕스럽게 대답했다.

"멋지잖습니까."

설무백은 짐짓 짓궂게 꼬집었다.

"멋지긴 하지만 마교의 마왕이 노래하기에는 너무 어울리지 않는 거 아닌가?"

본디 가도는 시를 쓰는 문장가이지 검을 쓰는 검객이 아니었다.

따라서 검객이라는 시 또한 무(武)가 아니라 문(文)을 이야기하는 시였다.

가도는 자신이 십 년간 닦고 연마한 학문과 재능을 천하를 바로잡는 데 공평무사(公平無私)하게 쓰겠다는 포부를 검으로 세상을 바로잡는 협객에 비유해 읊었다.

무가 아니라 문이라는 것, 그리고 마교의 마왕과 협객이라는 측면에서 혈뇌사야와는 어울리지 않아도 너무 어울리지 않는 것이다.

"큭큭, 극과 극은 같다고 하지요."

혈뇌사야가 예의 기괴한 웃음을 흘리며 대답했다.

"너무 차가우면 오히려 뜨겁게 느껴지는 법이 아니겠습니까. 노복과 너무 어울리지 않아서 오히려 어울린다고 생각하며 매우 좋아하는 시구랍니다. 큭큭……!"

설무백은 절로 고개가 끄덕여졌다.

듣고 보니 어울렸다.

마가의 핏줄로 태어나서 마가를 등진 사람이 혈뇌사야인 것이다.

"하긴, 혈노가 보이는 것과 가진 것이 전혀 다른 사람이긴 하지. 조금 우스꽝스러운 말이긴 하지만 정의로운 마왕이랄까?"

"예에……?"

혈뇌사야가 아무리 그래도 그건 아니라는 듯이 나서려는데, 요미가 불쑥 끼어들어서 한마디 했다.

"그런 면에선 어울리는 주종간이네. 오빠도 같은 부류니까."

설무백은 어리둥절했다.

"내가 왜?"

요미가 말했다.

"정직한 거짓말쟁이잖아, 오빠는."

"그건 또 무슨 말이야?"

"맨날 입버릇처럼 누구도 믿지 않는다고 하면서 막상 어지간하면 다 믿어 주잖아."

"아니, 그건……!"

설무백은 아니라고 부정하려 했으나, 도무지 부정할 수가 없어서 말문이 막혀 버렸다.

요미가 여우처럼 이때다 싶은 표정으로 헤헤거리며 한 번 더 꼬집었다.

"생각해 보니까 부정할 수 없겠지?"

설무백은 어렵사리 대답했다.

"어지간하면 믿는 게 아니야. 믿을 만해서 믿는 거지."

요미가 혀를 내밀며 놀렸다.

"혈노야보고 청산유수라더니, 오빠야말로 청산유수네. 누구도 믿지 않는다는 사람이 믿을 만해서 믿는다고 하면 그건 결국 믿을 사람은 다 믿겠다는 소리잖아."

설무백은 본의 아니게 자기모순에 빠져서 쓰게 웃었다.

"그게 또 그렇게 되나……?"

"어이구……!"

요미가 더 놀리려고 말꼬리를 잡자, 혈뇌사야가 끼어들어서 설무백을 구했다.

"노복의 생각으로는 겉과 속이 다른 것은 전혀 문제가 될 것이 없다고 봅니다. 누구나 다 좋은 것을 좋다고 말할 수 없을 때가 있고, 싫은 것을 싫다고 말할 수 없을 때가 있지 않습니까. 문제는 그것들의 조화지요."

혈뇌사야는 산전수전 다 겪은 노강호답게 설무백이 미처 생각하지 못한 답을 말했다.

"겉과 속을 조화롭게 하는 것은 성찰을 기반으로 하는 평정과 인내, 그리고 노력입니다. 얘기가 샛길로 빠졌다고 생각했는데, 이제 보니 아니었었네요."

일순 멋쩍은 기색을 드러낸 혈뇌사야가 앞서 하던 얘기의 결론을 내리며 조언했다.

"지금 주군께 필요한 것이 그것이 아닌가 싶습니다. 큰 힘에는 큰 책임이 따른다고 하질 않습니까. 그러니 지금 주군께서 감당해야 할 책임은 저 같은 사람으로서는 감히 상상조차 할 수 없을 정도로 막대할 것이고, 그래서 오히려 무감각하고 무감동해진 것일지도 모르겠습니다. 따라서 주제넘지만 노복의 소견으로는……."

설무백은 슬쩍 혈뇌사야의 말을 가로챘다.

"성찰을 기반으로 하는 평정과 인내, 그리고 노력이라 이거지?"

혈뇌사야가 웃는 기색으로 바로 대답했다.

"예, 바로 그겁니다."

설무백은 찌릿한 무언가가 뇌리를 관통하는 기분을 느꼈다.

마치 정수리에 얼음물을 뒤집어쓴 것처럼 전신이 오싹해졌고, 돈오(頓悟)의 순간을 맞이하는 선승(禪僧)처럼 저절로 전신이 부르르 떨렸다.

무언가 알 수 없는 기운이 그에게 다가와서 가슴 깊이 틀어박힌 기분이었다.

그랬다.

새로운 경지로의 비약(飛躍)이었다.

기실 설무백이 도달해 있는 무공의 경지는 초극을 넘어선 초극이었다.

따라서 그의 무공은 계단을 오르는 것처럼 피나는 수련을 통해서 한 계단씩 올라설 수 있는 일련의 과정이 아니었다.

그는 이미 그렇게 도달할 수 있는 경지의 끝에 서 있기 때문에, 하늘과 땅이 다르듯 지금의 세계와는 완전히 단절되어 있는 새로운 세계로 진입해야 하는 것이기 때문에 그랬다.

그리고 그것은 그 어떤 무한의 노력을 통해서도 가능하지 않으며 오직 깨달음을 통한 비약으로만 가능하고, 그 비약은 이전까지의 자의식을 버리고 새로운 자의식을 자각하는 것으로 가능했다.

우습지 않게도 지금 설무백이 그와 같은 비약을 통해서 기존의 경지를 뛰어넘고 새로운 경지로 들어선 것이다.

아무도 모르고 알 수도 없는 사이에, 오직 그 자신만이 느낄 수 있는 비약이었다.

"후……."

설무백은 전에 없이 잔잔해진 감정, 편안해진 마음으로 길게 심호흡을 했다.

그리고 진심으로 고개를 숙이며 말했다.

"주제넘지 않고, 소견도 아니야. 정말 갚을 수 없는 은혜야."

암중의 혈뇌사야가 적잖이 당황했다.

그들의 대화를 지켜보던 공야무륵과 요미, 고고매도 실로 어리둥절한 기색이었다.

오직 설무백의 뒤에서 그림자처럼 따르고 있던 철면신만이 늘 그렇듯 무심하게 서 있었다.

그때였다.

"감히 여기가 어디라고 겁 없이 기어들어 오냐? 정말 죽고 싶어서 환장했구나, 너희들?"

하남성의 성도인 정주부로 들어선 지 얼추 한 시진 만에 도착한 남문대로였다.

길가를 따라서 상점과 객점, 주루가 늘어서 있고, 저 멀리 흑점의 입구격인 춘래객잔의 불빛이 시야에 들어오는 참인데, 일단의 흑의사내들이 앞을 가로막으며 으르렁거리고 있었다.

"어라?"

설무백은 어이가 없었다.

선두의 흑의사내도 그렇고, 그 뒤로 늘어선 사내들도 그렇고, 하나같이 가슴 한쪽에 흑점의 사자들을 상징하는 백색의 해골이 수놓아져 있었기 때문이다.

"대체 이게 무슨 일이지?"

무리의 선두에 나서 있는 흑의사내가 오히려 어처구니가 없다는 듯이 웃었다.

"그래그래. 그 얼굴을 하고 있으니 그리 배짱을 부려야겠지. 하지만 그런 사기도 때와 장소를 봐 가면서 하는 거다. 너희들, 오늘 잘못 걸렸어!"

설무백은 물었다.

"너 나 아냐?"

흑의사내가 기가 차서 말이 안 나온다는 표정으로 실소하며 손가락을 까닥였다.

평범하지 않게 기다란 손가락이 길가에 밝혀진 등불을 받아서 예사롭지 않은 빛을 발했다.

손가락에 끼우는 가짜 손톱, 강조(鋼爪)였다.

"이놈이 아직도 똥오줌 못 가리고……! 야야, 개수작 그만부리고 어서 와라! 아주 갈기갈기 찢어서 본때를 보여 주마!"

설무백은 정말로 이게 뭔가 싶어서 머뭇거렸으나, 공야무륵은 늘 그렇듯 참지 않고 나섰다.

"죽일까요?"

대체 이게 무슨 일일까?

설무백은 황당하기 짝이 없는 가운데서도 어째 묘하게 상식적이지 않은 상황이라는 느낌을 받았다.

처음에는 흑점의 사자가 자신을 몰라본다는 것이 이상했다.

그런데 얘기를 듣고 보니 자신을 몰라보는 것이 아니라 다른 사람으로 오해하는 것 같지 않은가.

"아니, 죽이진 말고, 적당히 손봐줘."

설무백의 명령을 들은 공야무륵이 난감한 표정으로 뒷머리를 긁적거렸다.

"제가 '적당히'라는 걸 잘 몰라서…… 어느 정도 적당히 손봐줄까요?"

설무백은 피식 웃으며 대답에 앞서 기세등등하게 나서고 있는 흑의사내들을 살펴보았다.

다들 기도가 보통이 아니었다.

하나같이 근골이 좋고, 상당 부분 내공을 수련한 이십대 초반의 청년들이었다.

"한참 튼튼할 나이니, 절대안정 보름 정도가 적당하겠네."

"옙!"

공야무륵이 즉시 대답하며 흑의사내들을 향해 뚜벅뚜벅 나섰다.

누런 이를 드러내며 씩 웃는 그의 모습이 먹이를 향해 다가서는 야수처럼 보였다.

"쳐, 쳐라!"

선두의 흑의사내가 이제야 공야무륵의 진면목을 느낀 듯 다급히 소리쳤다.

흑의사내들이 우하고 달려들었다.

공야무륵이 그와 동시에 앞으로 미끄러져 나가며 발을 들어서 가장 먼저 달려든 자의 턱을 걷어찼고, 다음 놈의 사타구니를 걷어 올렸다.

"억!"

두 사내가 하나는 비명을 지르며 나가떨어지고, 다른 하나는 입만 크게 벌린 채 비명도 못 지르고 두 손으로 자신의 사타구니를 움켜잡으며 털썩 주저앉았다.

공야무륵이 주저앉은 사내의 머리를 밟고 매처럼 솟구치는 와중에 뒤쪽의 사내들을 때려눕혔다.

퍼버벅-!

휘둘러지는 손발은 보이지도 않았다.

그저 휘둘러졌다 싶은 순간에 둔탁한 타격음이 이어지며 사내들이 나가떨어졌다.

공야무륵은 그 순간에 앞서 선두에서 명령을 내린 흑의사내의 면전에 내려섰다.

"익!"

흑의사내가 반사적으로 손을 휘둘렀다.

그의 손에는 어느새 뽑아 든 칼이 들려 있었다.

공야무륵이 옆으로 비스듬히 상체를 비틀어서 빠르게 칼날을 피했다.

그리고 눈으로, 그다음에는 손으로 칼날을 쫓아갔다.

"헉!"

흑의사내가 기겁해서 칼을 당기며 물러났다.

그의 칼날이 간발의 차이로 공야무륵의 손아귀를 벗어났다.

공야무륵의 눈빛에 이채가 담겼다.

자신의 손길을 피하리라고는 미처 예상하지 못했던 것이다.

그런데 그가 예상하지 못한 일이 또 벌어졌다.

아무런 낌새도 없이 그를 노리는 공격이 있었다.

두 개의 칼날이 한 동작처럼 정확하게 그의 좌우에서 날아들었다.

앞서 그의 손과 발에 타격을 입고 나가떨어진 사내들 중 두 사내가 반사적으로 재빨리 일어나 칼을 뽑아 들고 그를 공격한 것이다.

"그냥 편히 누워 있었으면 한 대 덜 맞았을 텐데……."

공야무륵은 끌끌 혀를 차는 여유를 부리며 순간적으로 뽑아 든 도끼를 휘둘러서 두 개의 칼날을 거의 동시에 때렸다.

쩡―!

거친 금속성과 함께 칼날들이 부러져 나갔다.

그 순간에 앞서 물러났던 흑의사내가 칼끝을 찌르고 드는 가운데, 뒤쪽에서도 다른 칼날이 쇄도해 들었다.

공야무륵은 휘둘러진 도끼를 되돌려서 전방의 칼날을 내치고, 거의 같은 순간에 돌아서며 뒤쪽에서 쇄도한 칼날을 후려 갈겼다.

쨍-!

연이어 거친 금속성이 터지며 재차 칼날들이 부러져 나갔다.

그때 또다시 그의 좌우에서 찔러 드는 두 개의 칼날이 있었다.

방금 전 그가 내쳤던 두 사내가 도끼에 부러져 나간 반 동강이 칼로 공격해 들어오는 것이었다.

공야무륵이 새삼 이채로운 눈빛을 드러냈다.

그는 말할 것도 없고 상대도 내가기공을 익힌 자들이었다.

그런 그들이 격돌했고, 한쪽의 무기가 부러져 나갔으니, 무기에 실린 공력을 고스란히 되돌려 받아서 적잖은 내상을 입었을 터였다.

두 사내의 입가에 묻은 핏자국이 그 방증인데, 그걸 무시하고 악착같이 공격해 들어오는 것이다.

"제법이네?"

공야무륵은 진심으로 사내들의 투쟁심을 치하하면서도 멈추지 않고 도끼를 당겼다가 거세게 휘둘렀다.

공격과 방어는 하나라는 공방일체의 묘리에 따라 수중의 도끼를 한 번은 방패로 쓰고, 다시 한번은 무기로 쓰는 것이다.

다만 이번에는 앞서 그가 휘두른 도끼질과 사뭇 달랐다.

상당한 내력을 주입한 까닭에 도끼 주변으로 강력한 기류가 형성되어 있었다.

챙! 채챙-!

거친 쇳소리가 터지며 사내들의 반 동강이 칼이 산산이 박살 나서 비산했다.

도끼를 감싼 기류는 거기서 멈추지 않고 서릿발처럼 켜켜이 중첩되며 뻗어져서 사내들의 전신을 휩쓸고 있었다.

"크으......!"

억눌린 신음을 흘리는 사내들의 전신에서 핏방울이 튀었다.

도끼의 서슬이 닿기도 전에 먼저 도착한 기류가 그들의 살가죽을 할퀴며 뜯어내고 있었다.

뜯겨진 살가죽과 붉은 핏방울이 사방으로 비산했다.

그러나 그럼에도 불구하고 사내들은 물러나지 않았다.

실로 가공할 압력을 견디고 버티며 고작 손잡이만 남은 칼을 마구 휘두르고 찔러서 공야무륵을 공격하려고 들었다.

어금니를 악문 그들의 입에서는 신음 한마디 새어 나오지 않았다.

그리고 그런 두 사내의 사이를 비집고 앞서 튕겨졌던 흑의 사내가 반 동강이 칼을 휘두르며 쇄도했다.

역시나 그도 피투성이였으나, 살기와 투지는 조금도 죽지 않은 상태였다.

그 모습이 선을 넘었다.

"감히......!"

공야무륵의 두 눈에 살기가 번뜩였다.

그의 손에 들린 도끼가 족히 한 자나 길게 늘어나는 환상을 연출하며 삭막한 기세를 더했다.

설무백은 즉시 공야무륵의 상태를 파악하며 주의를 주었다.

"공야무륵!"

공야무륵이 바로 자신의 실태를 깨달은 듯 수중의 도끼를 휘돌려서 거꾸로 쥐고 휘둘렀다.

도끼의 서슬을 잡고 자루를 휘둘렀음에도 불구하고 폭풍 같은 기세가 일어났다.

예리함은 한층 둔해졌으나, 강렬한 느낌은 여전한 도끼자루의 기세가 주변을 휩쓸었다.

반 동강이 칼을 휘두르며 쇄도하는 흑의사내가 누가 뒤에서 잡아당기기라도 하듯 튕겨 나가서 바닥을 굴렀다.

손잡이만 남은 칼을 마구 휘두르던 두 사내도 대번에 허공으로 떠서 저 멀리 대로변에 대자로 뻗었다.

그들의 뒤에서 틈을 보고 있던 다른 사내들도 그랬다.

다들 공야무륵이 일으킨 기세에 밀려서 주룩 밀려 나가다가 뒤로 자빠지고 있었다.

공야무륵이 그런 그들의 모습을 확인하며 이젠 끝났을 거라고 생각한 듯 거꾸로 들고 있던 수중의 도끼를 허리에 갈무리했다.

하지만 아직 끝나지 않았다.

"익!"

저 멀리 나가떨어졌던 흑의사내가 꿈틀거리며 일어나서 두 주먹을 쥐며 태세를 갖추고 있었다.

아무리 봐도 죽기 전에는 절대 포기할 것 같지 않은 모습이었다.

실로 무던한 공야무륵이 실소를 흘렸다.

지켜보고 있던 설무백도 내심 감탄했다.

이것이 바로 강호의 무림인들이 흑점의 사자를 두려워하는 이유일 터였다.

죽을 때까지 포기하지 않고 싸우는 저들의 집념과 투지 앞에서는 누구든 한 수 접어 줘야 하는 것이다.

'하지만!'

그것도 상대를 봐야 했다.

설무백은 이제 더 이상 공야무륵을 말릴 생각이 없었다.

집념과 투지는 높게 평가하지만, 상대를 인정하지 못하는, 아니, 인정하지 않는 태도는 실로 마뜩찮았다.

어디선가 다급한 외침이 들려온 것은 바로 그때였다.

"멈춰라! 물러나라! 그만두세요, 사숙!"

벌써 적잖게 몰려든 구경꾼들 너머에, 춘래객잔의 불빛이 보이는 저편에서 낯익은 얼굴의 사내가 다급하게 달려오고 있었다.

육십 대의 노인으로 보이지만 사실은 설무백보다 어린 사내, 흑점의 총관인 흑혈이었다.

"그러니까, 나로 변장을 해서 사기를 치고 다니는 애들이 있다?"

주변을 정리하고 급히 옮겨진 자리, 흑점의 대청이었다.

흑혈에게 사정 얘기를 들은 설무백은 너무나도 황당하고 어이가 없어서 웃음밖에 나오지 않았다.

"그것도 한둘이 아닙니다. 벌써 우리 애들이 처리한 것만 해도 열 건이 넘습니다. 여기 저잣거리를 방문한 놈만 해도 두 놈이고요. 아주 난리도 아니에요."

흑혈이 침을 튀겨 가며 대꾸하고는 이내 멀뚱거리는 눈빛으로 설무백을 바라보았다.

"아니, 근데, 아직 그걸 모르고 계셨어요?"

설무백은 고개를 저었다.

"전혀."

흑혈이 황당해했다.

"제아무리 발 없는 말이 하루에 천 리를 가도, 자기 소문은 자기가 가장 늦게 듣는 법이라더니, 정말 그런가 보네요. 아니 어떻게 여태까지 그걸 모르게 계세요. 그래? 하오문 애들은 뭐 하고요? 아무래도 걔들 기강을 한번 잡아야겠는 걸요?"

"아니⋯⋯."

설무백은 그저 웃으며 손을 내저었다.

"내가 쓸데없이 사소한 문제는 알리지 말라고 그랬어."

흑혈이 턱을 주억거리며 혼잣말을 했다.

"이게 사소한 건가?"

"사소한 거야. 누가 내 흉내를 내는 게 무슨 대수냐."

설무백은 대수롭지 않게 말을 자르고는 재우쳐 물었다.

"근데, 그럴 정도로 내가 유명한가?"

"하!"

흑혈이 기가 막힌다는 듯 말했다.

"정말이네. 자기 소문은 자기가 가장 늦게 듣는다는 거. 유명하지 않고요. 불세출의 흑도 영웅! 강호무림을 종횡하는 하얀 사신! 중원의 하늘에 떠오른 죽음의 백발마선(白髮魔仙)! 이게 다 사숙을 두고 하는 말들입니다."

그는 말미에 히죽 웃으며 덧붙였다.

"게다가 변장하기도 쉽잖아요. 머리만 백발로 바꾸면 되니까요. 흐흐……!"

설무백은 쓰게 입맛을 다시고는 슬쩍 옆으로 고개를 돌렸다.

너덜너덜한 의복과 덕지덕지 피가 묻은 모습으로 학당에서 벌을 받는 학동들처럼 줄지어 무릎을 꿇은 채 두 손을 높이 쳐들고 있는 일곱 명의 흑의사내가 그의 시선에 들어왔다.

저잣거리의 초입에서 설무백을 가짜로 오인하고 덤벼들었던 흑점의 사자들이었다.

흑혈이 설무백을 몰라봤다는 이유로 벌을 주기에 앞서 그렇게 대기시켜 놓은 것이다.

"새로운 애들인가?"

"예. 저번에 사숙께서 하셨던 방법을 계속 유지하고 있습니다. 지방에서 추천한 인재를 여기서 제대로 다시 교육시키는 방법이요. 애들은 이번에 올라온 애들입니다."

"어쩐지 어린 애들이 쓸 만하다 했더니, 그랬군."

설무백은 진심으로 그들이 보인 투지를 인정해 주고 나서 이내 안색을 굳히며 재우쳐 말했다.

"너희들의 미래를 위해서 하나만 충고하마. 이미 계산된 위험을 감수하는 것은 용기다. 하지만 계산되지 않은 위험을 감수하는 것이 만용이고, 무모한 짓이다. 부족함을 느꼈을 때는 물러나라. 그래야 다시 도전할 수 있다."

무릎 꿇고 있던 흑의사내들이 두 손을 높이 쳐든 채로 넙죽 고개를 숙였다.

"예. 명심, 또 명심하겠습니다!"

설무백은 피식 웃고는 흑혈을 향해 말했다.

"다들 내상이 적지 않다. 그만 어서 가서 쉬게 해."

흑혈이 바로 고개를 숙여 보이고는 바로 흑의사내들을 노려보며 으름장을 놓았다.

"나는 그냥 위아래조차 구별 못하는 그 눈깔들 죄다 뽑아 버릴 작정이었다. 있으나 마나한 눈깔을 달고 다녀서 뭐 해. 무겁

기만 하니 차라리 없는 게 낫지. 오늘 사숙님 때문에 한목숨 건 진 줄이나 알고, 어서 가서 자숙하고 있어들!"

"예······."

"목소리 봐라!"

"옙! 자숙하고 있겠습니다!"

풀죽은 모습으로 엉거주춤하며 일어나던 흑의사내들이 벌 떡 일어나서 부동자세를 취하며 크게 대답하고 후다닥 밖으로 나갔다.

설무백은 내상이 적지 않음에도 불구하고 조금도 태를 내지 않는 그들의 모습에 절로 미소를 지으며 슬쩍 공야무륵에게 시 선을 주었다.

공야무륵이 눈치 빠르게 고개를 숙여 보이고는 묵묵히 그들 의 뒤를 따라갔다.

그들의 내상을 치료하는 데 도움을 주려는 것이다.

설무백은 그제야 쓰게 입맛을 다시며 투덜거렸다.

"그나저나, 흑점의 위치를 알려 주지 않으려고 무림맹의 요 인들을 굳이 정주부 밖으로 불러 낸 것이 괜한 헛수고가 됐군 그래."

흑혈이 웃는 낯으로 고개를 저었다.

"아니요. 애들이 그래도 눈치가 빨라서 무림맹의 정찰대가 사라진 다음에 나선 거니 괜찮습니다. 그게 아니었으면 여기 저잣거리가 아니라, 성문 밖에서 나섰지요."

흑점은 설무백이 성문을 들어서기 전부터 이미 그의 존재를 알고 있었다는 소리였다.

"그럼 다행이고."

설무백은 덕분에 마음을 놓으며 물었다.

"근데, 노야들은 어디 간 거야? 유령노조 노야야 극비리에 서장으로 떠났다는 얘기를 들었지만, 천공수 사형과 흑천신 노야는 왜 안 보이지?"

흑혈이 깜빡했다는 표정으로 대답했다.

"아, 그게 두 분 사부님도 잠시 자리를 비우셨습니다. 천공수 사부님은 흑점의 일로 거인상련(巨人商聯)에 가셨고, 흑천신 사부님은 무슨 일이신지는 몰라도 오랜 지인이신 광동진가의 전대 가주 진일방 어른을 만나러 불산(佛山)에 가셨거든요."

"언제 가셨는데?"

"천공수 사부님은 엊그제 가셨고, 흑천신 사부님은 어제 새벽에 떠나셨습니다."

설무백은 새삼 입맛을 다시며 중얼거렸다.

"그럼 두 분 다 수삼일 내로 돌아오시지는 못하겠군."

질문이 아닌 것을 알면서도 흑혈이 대답했다.

"아무래도 그렇죠."

설무백은 가만히 고개를 끄덕였다.

"그럼 어쩔 수 없지."

흑혈이 뭐가 어쩔 수 없다는 건지 궁금한 듯 빤히 설무백을 쳐다보았다.

설무백은 그런 그를 씩 웃으며 말했다.

"네가 대신 해야겠다."

소용돌이 (3)

늦은 밤이었다.

구름이 몰려와서 갑자기 장대비를 뿌리기 시작했다.

여름임에도 전에 없이 쌀쌀한 바람이 불고 있던 정주부의 거리는 오싹함을 느낄 정도로 싸늘해졌다.

정주부의 날씨가 변덕이 심하기로 유명하지만 오늘처럼 서늘한 바람이 부는데다가, 예고도 없이 먹구름이 몰려들어서 그냥 퍼붓듯이 장대비가 쏟아져 내리는 경우는 매우 드물었다.

안 그래도 쌀쌀한 날씨에 귀가를 서두르던 사람들이 뿌연 우막(雨幕) 사이로는 분주히 뛰어가며 진흙탕을 튀겼고, 급히 길가로 늘어진 처마 아래로 들어가 비를 피하고 있었다.

그중 유독 눈에 띠는 두 사람이 있었다.

은연중에 사람들의 시선을 의식하며 대로와 떨어진 골목길의 처마로 들어서서 비를 피하는 그들은 실로 선남선녀였다.

　　사내는 검붉은 비단옷에 비취(翡翠)를 박은 영웅건(英雄巾)이 어울리는 용모의 미남자이고, 여인은 가뜩이나 흠집을 찾기 어려운 용모가 빗물에 촉촉하게 젖어서 길고 흰 목덜미를 타고 흘러내린 머리카락과 헐렁했던 백의무복이 몸에 착 달라붙는 바람에 신비스러우면서도 화려한 매력을 발하는 미녀였다.

　　다만 그들의 다른 사람들의 시선을 의식하는 것은 자신들의 용모 때문이 아니었다.

　　그들이 바로 화산속가제자인 독화랑 사공척과 무림맹의 군사인 남궁유화였기 때문이다.

　　"어떻게 됐어요?"

　　"아무래도 맞는 것 같은데요."

　　사공척의 목소리에는 자신이 없었다.

　　남궁유화가 예민하게 그걸 간파하며 물었다.

　　"직접 확인하지 못한 건가요?"

　　사공척이 쓰게 웃으며 대답했다.

　　"이런 말이 어떨지 모르겠지만, 설 대협은 말할 것도 없고, 설 대협의 측근들도 괴물입니다. 부끄럽게도 저의 능력으로는 시야로 확인할 수 있을 정도의 거리까지 접근하는 게 무리였습니다."

　　그랬다.

사공척이 무림맹에서 가진 지위는 정주부로 들어서는 길목을 경계하는 수인대(守人隊)의 대주였고, 그 바람에 정주부로 입성하는 설무백 일행을 발견했다.

정확히는 수상한 무리가 입성하고 있다는 수하의 보고를 받고 나섰다가 알게 되었다.

하지만 그의 능력으로는 가까이 접근할 수가 없었기 때문에 눈으로 확인할 수는 없었던 것이다.

"아, 미안해요."

남궁유화가 사정을 깨달으며 급히 사과하자, 사공척이 멋쩍은 표정으로 미소를 지었다.

"아닙니다. 처음에는 저도 그 정도까지라고는 생각하지 않았는걸요. 저도 어디 가서 부끄럽지 않을 정도로 정진하고 있었으니까요. 그런데, 오늘 새삼 느꼈습니다. 설 대협은 저 같은 사람과는 다르네요. 다른 세상에서 살고 있는 것 같습니다."

남궁유화는 본의 아니게 사공척의 자존심을 상하게 만든 것 같아서 미안한 마음을 금할 길 없었다.

그러나 그런 마음과는 별개로 못내 가슴 한구석이 무거워졌다.

그럴 수밖에 없었다.

그녀는 책사였고, 세상의 그 어떤 책사들과 마찬가지로 자신이 통제할 수 없는 상황을 끔찍하게 싫어했다.

그런데 설무백은 번번이 그녀의 예상을 뛰어넘는 행보를 보이고 있었다.

싫었다.

정말 부담스러웠다.

어쩔 수 없는 감정으로 묘하게 기쁘고 못내 자부심까지 느낄 때도 있지만, 기본적으로 걱정이 됐다.

대체 언제부터 이런 마음이 들었는지는 모르겠으나, 자신이 도울 수 있는 사람이 아니라는, 자신을 필요로 하는 사람이 아니라는 생각이 들기 때문이다.

"저기, 근데……?"

사공척이 넌지시 물었다.

"군사께서는 설 대협이 정주부를 방문할 것을 어떻게 미리 알고 있었던 겁니까?"

남궁유화는 전부터 설무백이 정주부를 방문할지도 모른다는 생각을 가지고 있었다.

그렇지 않다면 사전에 그에게 설무백이 정주부로 입성하면 가장 먼저 자신에게 알려 달라는 부탁을 할 이유가 없었다.

"저도 확신한 건 아니에요. 다만 그간 그의 행보를 살펴보니 별반 이유도 없이 여기 정주부를 자주 들렀기에 혹시나 했을 뿐이죠."

사공척이 이채로운 눈빛을 드러냈다.

"그건 설 대협의 뒤를 캐야 할 만한 이유가 있다는 뜻이겠죠?"

남궁유화는 자신을 바라보는 사공척의 눈빛에서 일말의 거부감을 느끼며 내심 아차 했다.

이제 작금의 강호무림에서 사신 설무백을 동경하지 않는 청년 협사들은 없었다.

아주 없지는 않겠지만 거의 없다고 봐도 무방했다.

그간 설무백이 보여 준 혁혁한 전과는 차치하고, 누가 뭐래도 작금의 마교를 상대로 강호무림의 선두에 나서 있는 사람이 바로 그인 까닭이었다.

이제 보니 사공척도 그중의 하나였던 것이다.

"그는 누가 뭐래도 마교를 상대하는 중원무림의 선봉이에요. 또한 작금의 정도를 쓰러트릴 수 있는 유일한 흑도예요. 그런 사람의 행보를 무림맹의 군사인 제가 모르고 있다면 말이 안 되죠."

남궁유화의 대답을 들은 사공척이 실로 의외라는 표정으로 그녀를 바라보았다.

"전자는 일말의 여지없이 수긍합니다만, 후자는 너무 심한 비약으로 들리는군요."

남궁유화는 대수롭지 않게 대꾸했다.

"조심해서 나쁠 건 없잖아요. 밑져야 본전인데. 그가 그 누구도 제어할 수 없을 정도로 강한 사람이라는 뜻이니, 그냥 그러려니 하고 넘기세요."

"그렇긴 하죠."

사공척이 어깨를 으쓱하며 수긍하고는 이내 시선을 돌렸다. 저잣거리의 초입, 장대비로 흐려진 춘래객잔의 불빛을 바라보는 것이다. 그리고 불쑥 물었다.

"아무튼, 저기로 들어갔는데, 대체 누구를 만나러 온 건지 모르겠네요. 혹시 우리 무림맹의 인사들 중 누구일까요?"

남궁유화는 고개를 저었다.

"지금 시점에 그가 만날 무림맹의 인사는 이미 다른 곳에서 만났어요. 그리고 여기로 온 거죠."

"그런가요?"

사공척은 고개를 갸웃했다.

그는 거사의 시기를 연기하기 위해서 설무백과 무림맹의 요인들이 만났다는 사실을 모르고 있는 것이다.

"여기 어디 인근에서 만났나 보죠?"

"아니요. 여기서 꽤 떨어진 장소에서 만났죠."

남궁유화의 대답을 들은 사공척이 미간을 찌푸렸다.

"그것 참 이상하군요. 어차피 여기에 올 일이 있었다면 굳이 다른 장소에서 만날 필요가 없었을 텐데 말입니다."

남궁유화가 말했다.

"무언가 듣기고 싶지 않은 비밀이 있나 보죠. 아니면 지켜 주고 싶은 비밀이 있는 것이거나."

춘래객잔을 바라보는 사공척의 눈빛이 가늘게 좁혀졌다.

"저기에 말이죠?"

남궁유화는 고개를 끄덕였다.

"아마도 그렇겠죠."

사공척이 잠시 뜸을 들이다가 물었다.

"내막이야 모르겠지만, 이렇게 뒤에서 감시하는 건 설 대협에 대한 예의가 아닌 것 같은데, 지금 직접 만나 보실 생각은 없으십니까? 굳이 피할 이유가 없지 않습니까?"

남궁유화는 쓰게 웃었다.

"감추고 싶은 남의 비밀을 굳이 들쳐 내는 것도 예의가 아닌 것 같아서요."

"아……!"

사공척이 바로 수긍했다.

남궁유화는 밤하늘을 바라보았다.

장대비가 잦아들어서 가랑비로 바뀌어져 있었다.

그녀는 처마를 벗어나며 말했다.

"그럼 부탁해요."

"예?"

"남의 비밀을 굳이 들쳐 내는 건 예의가 아니지만, 지켜보는 것까지 문제 삼을 일은 아니잖아요. 시국이 시국인데."

사공척이 바로 이해하고 고개를 끄덕이며 물었다.

"언제까지 지켜볼까요?"

남궁유화는 발길을 재촉하며 대답했다.

"들키지 않을 때까지요."

사공척은 어둠 속으로 사라지는 남궁유화를 바라보며 머쓱한 표정으로 입맛을 다셨다.

"들키지 않을 때까지가 아니라 들킬 때까지가 아닌가? 아니, 들키지 말라는 건가? 들키면 그만두라는 그런……? 에이, 모르겠다."

생각을 지우듯 고개를 턴 사공척은 처마를 벗어나서 골목으로 더 들어가다가 이내 사라졌다.

다른 건 몰라도 설무백을 지켜보려면 보다 더 은밀하게 보다 더 가까운 장소로 이동해야 하는 것이다.

그런데 그때였다.

남궁유화와 사공척이 사라진 처마 아래 그늘 속에서 흡사 땅에서 솟은 것처럼 흑의사내 하나가 모습을 드러냈다.

바싹 마른 몰골에 검은 안대가 한쪽 눈을 대신한 애꾸눈 사내였다.

"골치 아프게 예리하시네."

잠시 처마 아래 서서 자리를 떠나기 직전의 사공척처럼 입맛을 다신 애꾸눈 사내는 이내 밖으로 나섰고, 추적추적 내리는 가랑비를 맞으며 저잣거리로 들어서서 초입에 자리한 춘래객잔의 옆 건물인 고서점으로 들어갔다.

고서점의 내부에는 주인으로 보이는 중늙은이 하나와 손님으로 보이는 세 명의 사내가 탁자에 둘러앉아서 마작패(麻雀牌)를 돌리고 있었다.

천외천의
주인

얼마나 마작에 열중하고 있는지 누구 하나 안으로 들어서는 흑의사내에게 시선도 주지 않았다.

뒤늦게 힐끗 쳐다보긴 했으나, 그게 다였다.

그들은 지금 고서점으로 들어선 애꾸눈 사내가 누군지 익히 잘 알고 있는 것이다.

애꾸눈 사내는 그런 그들의 곁을 지나쳐서 뒤쪽으로 빠져나가는 문을 열고 나갔다.

문밖은 잘 정리된 정원이었고, 흑의중년인 하나가 서 있다가 반갑게 흑의사내를 맞이했다.

"오셨구려."

애꾸눈 사내는 인사를 받는 둥 마는 둥 하며 물었다.

"계시오?"

흑의중년인이, 바로 흑점의 총관인 흑혈이 웃는 낯으로 손을 내밀어서 안채를 가리켰다.

"안으로 드시오. 안 그래도 기다리고 계셨소."

애꾸눈 사내가 어리둥절해했다.

"나를 말이오?"

"그렇소."

"내가 오는지 어떻게 아시고……?"

"그야 나는 모르지요. 그냥 다 아는 수가 있다 하시더이다."

"……."

애꾸눈 사내는 무색한 표정으로 흑혈의 뒤를 따라서 안채로 들어갔다.

안채의 대청에는 다탁의 의자에 앉아서 그를 기다리는 사람이 있었다.

눈부신 백발 아래 청명하게 빛나는 눈빛으로 말미암아 어딘지 모르게 사이(邪異)한 기운마저 풍기는 사내, 설무백이었다.

"왔어?"

"그간 적조했습니다, 주군."

애꾸눈 사내, 혈영은 더 없이 정중하게 포권의 예를 취하며 고개를 숙였다.

그런 그의 옆으로 흡사 귀신처럼 모습을 드러내는 인영이 있었다.

요미였다.

"와, 혈영 아제 아주 멋있어졌네? 언제 한번 날 잡아서 싸워봐야겠는걸?"

혈영이 실소했다.

"멋있어졌다는 게 그런 의미였냐?"

"헤헤……!"

요미가 천연덕스럽게 웃었다.

"내가 또 그런 쪽으로 한 관심 있잖아. 헤헤……!"

혈영이 어련하겠냐는 듯 손을 내저으며 설무백의 뒤에 시립해 있는 거구의 여인, 고고매를 바라보았다.

고고매가 오른 손을 들어서 가슴에 대고 고개를 숙이는 여진

천외천의
주인

족 특유의 인사법으로 인사했다.

"잔트가르를 모시는 삼대비영 중 혈영이시죠? 얘기 많이 들었습니다. 저는 잔트가르의 여자인 고고매입니다."

혈영은 어리둥절하며 고고매와 설무백을 번갈아 보았다.

"잔트가르……요?"

"아, 그게……!"

설무백은 어색하게 웃다가 이내 급히 손을 내밀어서 혈영에게 자리를 권했다.

"일단 앉자."

혈영이 눈을 멀뚱거리면서도 시키는 대로 자리에 앉았다.

설무백은 그런 혈영에게 지난날 여진족의 칸인 풀라흔도르곤의 여동생인 고고매를 만나게 된 사연을 짧고 간단하게 설명해 주고 나서 한마디 덧붙였다.

"그냥 그렇게 됐으니, 그렇게 알고 있어."

혈영이 새삼 고고매를 일별하며 의미심장한 미소를 흘렸다.

"아무리 영웅호색(英雄好色)이고 다다익선(多多益善)이라지만, 너무 마구 늘리시는 거 아닙니까?"

설무백은 짐짓 정색하고 삐딱하게 혈영을 바라보며 단호한 어조로 말문을 돌렸다.

"용건부터 밝히지?"

"그보다……."

혈영은 용건을 밝히기에 앞서 물었다.

"제가 온다는 건 어떻게 아신 겁니까?"

설무백은 피식 웃으며 대수롭지 않게 대답했다.

"성내로 들어설 때는 멀리서 나를 살피는 시선이 있었고, 여기 저잣거리로 들어설 때는 독화랑 사공척의 눈초리가 느껴지더군. 그러니 혈영 네가 오겠다 싶었지."

"아……!"

혈영은 바로 이해했다.

돌이켜보면 바로 이해하지 못한 자신이 우스웠다.

무림맹의 일개 무사가 바라보는 시선을 설무백이 느끼지 못할 리 없었다.

또한 사공척이 제아무리 거리를 두고 살폈다고 해도 설무백이 그걸 감지하지 못할 리 만무했다.

"그보다……."

설무백이 한술 더 떠서 물었다.

"혹시 남궁유화가 왔었나?"

혈영은 절로 눈이 커졌다.

설무백이 그 반응을 보고 피식 웃었다.

"왔었군."

혈영은 묻지 않을 수 없었다.

"남궁 군사가 온 건 주군께서 여기 객잔으로 들어간 다음이었는데, 그건 또 어떻게 아셨습니까?"

설무백은 대수롭지 않게 대꾸했다.

"사공척이 누굴 만나는 것 같은데, 어딘지 모르게 익숙한 기도다 싶어서."

혈영은 새삼 눈이 커졌다.

"여기서 기감만으로 그걸 느끼셨다고요?"

설무백이 태연하게 되물었다.

"왜? 느끼면 안 되나?"

혈영은 실로 놀라서 뭐라고 대꾸할 말이 없었다.

여기 대청과 앞서 사공척 등이 머물던 장소는 적어도 백여 장은 떨어져 있었다.

탁월한 기감을 가진 고수는 소위 백 장 밖에서 떨어지는 바늘 소리도 능히 들을 수 있다지만, 은신법을 펼치는 무림의 고수는 그보다 더 자신의 기척을 숨길 수 있는 법이었다.

하물며 사공척과 남궁유화는 어지간한 고수가 아니라 무림맹에서도 손꼽히는 고수들이었다.

설무백은 백여 장이나 밖에서 그런 고수들이 펼친 고도의 은신술을 아무렇지도 않게 감지한 것은 물론, 그들의 정체가 누군지도 간파했던 것이다.

"그새 신선이 되셨군요. 인간을 초월해서 신과 맘먹는다는 화경(化境)의 경지가 있다는 얘기는 익히 들어 봤지만, 제 평생 직접 볼일은 없을 거라고 생각했는데, 아니었네요. 그런 분이 제가 모시는 주군이라니, 정말 몸서리치는 감격이 몰려옵니다."

혈영의 감탄을 들은 설무백은 잠시 눈을 멀뚱거리며 있다가 불쑥 물었다.

"그동안 무공은 저버리고 시문을 공부한 거야? 무슨 감탄을 그리 닭살 돋게 하고 있어?"

혈영이 쩝쩝 입맛을 다시며 대꾸했다.

"그런가요? 하긴, 내내 도련님의 공부를 곁에서 지켜보다 보니 나도 모르게 시문이 늘기는 했지요."

설무백은 새삼 눈을 멀뚱거리며 혈영을 바라보았다.

혈영이 의미를 모르고 마찬가지로 눈을 멀뚱거리며 그의 시선을 마주했다.

그러다가 깨달았다.

"아!"

무심결에 그는 다른 사람들이 있는 자리에서 도련님이라는 말을 꺼내 버린 것이다.

그때 요미가 끌끌 혀를 차며 말했다.

"놀라기는……! 이미 아는 사람은 다 아는 얘기인데 뭘 그리 놀라고 있어?"

"아는 사람은 다 안다고……?"

설무백은 반사적으로 고개를 돌려서 철면신을 바라보다가 철면신은 상관없다는 것을 뒤늦게 깨달으며 다시금 고개를 돌려서 공야무륵을 바라보았다.

공야무륵이 아무렇지도 않게 어깨를 으쓱하는 것으로 인정했다.

"……."

설무백은 잠시 여유를 두었다가 물었다.

"혈노도?"

암중의 혈뇌사야가 특유의 기괴한 웃음을 흘리며 대답했다.

"큭큭, 대충 알고 있습니다. 애들이 남몰래 숙덕이는 얘기를 들었거든요."

설무백이 쓰게 입맛을 다시는 사이, 고고매가 나서며 말했다.

"저는 요미에게 들었습니다. 하지만 상관없습니다. 잔트가르는 열 명의 처, 백 명의 첩도 옳은 일입니다. 강한 남자는 많은 여자를 거두고 씨를 뿌리는 것이 태고부터 인세에 전해져 오는……!"

"알았으니, 그만하자!"

설무백은 재빨리 고고매의 말을 끊고 혈영에게 시선을 주며 말문을 돌렸다.

"그들이 내가 여기 왔다는 것을 안다는 것 말고 다른 용건은?"

혈영이 의아한 표정을 지으며 반문했다.

"그거 매우 중요한 문제 아닌가요?"

설무백은 바로 인정했다.

"물론 중요한 문제지."

"한데, 왜……?"

"설마 내가 저들의 시선 하나 피하지 못할 사람으로 보여?"

"당연히 그게 아니니까 왜 그러신 것인지 도통 모르겠어서 이러는 거죠."

"일부로 드러낸 거야."

"예?"

"내가 정주부로 입성했다는 사실, 일부러 저들이 알게 한 거라고."

혈영은 오만상을 찡그렸다.

"아니 왜요?"

설무백은 태연하게 대답했다.

"마교의 하수인들이 대체 무림맹의 어느 선까지 닿아 있는지 알아보려고."

"……."

혈영이 잠시 뜸을 들이다가 물었다.

"이걸로 그걸 알 수 있나요?"

"뭐, 대충은……."

설무백은 피식 웃으며 부연했다.

"그에 더해서 겸사겸사 놈들의 발을 묶어 두려는 의도도 있고. 내게 풍잔 이외에 다른 세력도 있다는 것을 알게 되면 놈들이 적어도 당분간은 쉽게 나대지 못할 테지."

"……!"

혈영이 놀란 얼굴로 부지불식간에 설무백의 옆에 서 있는 흑혈을 바라보았다.

설무백이 말하는 다른 세력이라면 지금 이곳, 흑점밖에 없기 때문이다.

흑혈이 태연하게 웃으며 어깨를 으쓱했다.

놀랍게도 아무렇지 않게 그의 짐작을 인정하고 있는 것이다.

"흑점의 총단을 드러내면……?"

"흑점의 총단이 아니야. 흑점의 일개 지부지."

"예?"

"예기 다 끝냈어."

"예에……?"

혈영이 설무백의 말을 듣고도 도무지 모르겠다는 표정을 짓자, 흑혈이 나서며 설명했다.

"흑점의 총단은 이제 여기가 아니오. 여긴 흑점의 지부에 불과하오. 적어도 저들은 그렇게 알게 될 거요."

"총단을 옮긴다는 거요?"

"원래 흑점의 총단은 정해져 있지 않소. 어르신들이 지내기 편한 곳이 바로 흑점의 총단인데, 마침 어르신들이 다들 출타한 관계로 그냥 내가 옮기기로 했소. 물론 어르신들도 마다하지 않을 거요. 흑점의 태상인 사숙의 결정이니 말이오."

설무백이 흑혈의 말을 받아서 부연했다.

"내게 다른 비밀 세력을 가지고 있는데, 그게 중원의 암시장을 지배하는 검은 상인들의 집단인 흑점이라면 놈들도 적잖이 경각심을 가지고, 무슨 일이든 쉽게 움직이지는 못할 거야."

혈영은 이제 이해했다. 그래서 다른 의문이 들었다.

"그래야만 하는 이유가 있다는 뜻이겠죠?"

설무백이 태연하게 대답했다.

"하나씩 때려잡으려고 그러지. 일전에 소탕한 황하수로연맹의 금망채처럼 말이야."

혈영은 걱정했다.

"그러려면 중원무림에 분포된 놈들의 위치를 죄다 파악해야하는데, 그게 가능하겠습니까?"

설무백이 씩 웃었다.

혈영은 적잖이 놀랐다.

"설마 벌써……?"

설무백이 짐짓 눈살을 찌푸렸다.

"그동안 네가 놀고 있지 않았던 것처럼 나도 놀지 않았고, 다른 사람들 역시 그랬어. 아……!"

말을 하던 그는 문득 고개를 돌려서 대청의 측면에 자리한 창문을 바라보았다.

"마침 왔네."

때를 같이해서 창문이 열렸다.

그리고 뒤늦게 창문 위에서부터 아래로 스르르 내려오는 얼굴이 하나 있었다.

처마에 발끝을 걸치고 거꾸로 매달려서 창문으로 얼굴을 내

천외천의
주인

미는 것인데, 귀신처럼 길게 늘어진 흑발 다음으로 모습을 드러낸 그 얼굴의 주인공은 바로 구룡자의 막내인 녹산예였다.

"저기, 들어가도 되나요?"

해실거리며 웃는 얼굴로 말을 하면서, 그녀는 구렁이처럼 스르르 창문을 타고 안으로 들어서고 있었다.

"들어오면서 질문은 무슨……?"

설무백은 실소하며 말하다가 이내 미간을 찌푸렸다.

하오문에 소속된 기녀들의 대모인 그녀는 화월용태(花月容態)니, 경국지색(傾國之色)이니 하는 빼어난 미모는 아니지만, 우수가 짙은 눈빛과 늘 반달처럼 휘어지는 눈웃음의 조화로 인해 더 없이 요염하고 관능적으로 보이는 중년미부였다.

그런데 오늘은 그 정도가 더욱 심했다.

비를 맞은 까닭에 방금 목욕을 끝낸 것처럼 길고 흰 목덜미를 타고 흘러내린 흑발은 촉촉하게 젖어 있었고, 백옥 같은 살결인 얼굴에는 투명한 물방울이 송골송골 맺혀 있는데다가, 물기로 인해 착 달라붙은 의복으로 인해 쥐면 으스러질 듯한 잘록한 허리와 그 아래로 군살 한 점 없이 매끄럽게 퍼져 내려 간 둔부의 화려한 곡선이 적나라하게 드러나 있었다.

하지만 혈영과 공야무륵, 그리고 흑혈이 넋을 잃은 듯 그녀를 바라보는 것은 그 때문이 아니었다.

"산예!"

설무백은 버럭 하며 눈총을 주었다.

"또, 또 그 버릇……!"

녹산예가 습관처럼 교태를 부리듯 입을 가리며 웃었다.

"에구, 죄송해라. 전에 말했다시피 제가 낯선 곳에 가면 일단 홀리고 보는 게 습관이 돼서 그만…… 호호호……!"

실로 교성이라 불릴 정도로 나직한 웃음소리와 함께 그녀를 감싸고 있던 요염함과 관능적인 기운이 스르르 누그러지고, 그녀는 그저 곱상한 중년 미부의 모습으로 바뀌었다.

그랬다.

녹산예는 늘 그렇듯 습관처럼 자신의 독문절기인 색공을, 바로 과거 백여 년 전에 취선요희 예청청과 더불어 천하이대우물로 불리던 색공의 대가인 제혼금랑 사사미의 방중비술(房中秘術)에 기인한 섭혼술을 펼쳤던 것이다.

"아……!"

넋을 놓고 있던 공야무륵과 혈영, 흑혈이 그제야 정신을 차리며 얼굴을 붉혔다.

이번이 두 번째인 공야무륵은 부릅뜬 눈으로 녹산예를 노려보며 분노를 드러내고 있었다.

설무백은 한숨을 내쉬는 것으로 분위기를 쇄신하며 새삼 창밖을 보며 말했다.

"뭐 해, 어서 들어오지 않고."

"아, 예."

인기척이 들리며 낡은 마의를 포대처럼 헐렁하게 걸친 추레

한 늙은이 하나가 창문을 통해 안으로 들어왔다.

바로 구룡자의 예하에서 하오문도들을 관리하는 십이재의 수좌인 일청도인이었다.

"늘 보면서도 매번 감당할 수가 없어서 그만…… 죄송합니다. 험험!"

녹산예의 섭혼술을 말하는 것이다.

밖에서 대기하던 그 역시 그녀의 섭혼술에 홀려서 잠시 넋을 잃은 모양이었다.

설무백은 어련하겠냐는 듯 손을 내저으며 물었다.

"알았으니까 됐고. 그래, 가지고 왔어?"

녹산예가 먼저 나서며 품에서 꺼낸 작은 연통(煙筒)을 설무백에게 건넸다.

"강북 쪽의 상황입니다."

일청도인도 서둘러 품에서 꺼낸 작은 연통을 설무백에게 내밀었다.

"이건 강남 쪽의 상황입니다."

설무백은 두 개의 연통을 열어서 속에 들어 있는 죽지를 꺼냈다.

저마다의 죽지에는 세필(細筆)로 적은 작은 글씨가 빼곡하게 적혀 있었다.

마교가 중원무림의 크고 작은 방회에 침투시켜 놓은 간세들의 명단이었다.

내용을 확인한 설무백은 절로 헛웃음을 흘렸다.

"정말 무지하게 심어 놨군!"

녹산예가 말했다.

"의심이 가는 애들은 하나도 빠짐없이 죄다 적어 놨습니다만, 그래도 놓친 게 있을 거라고 봅니다. 다만 그러다보니 개중에는 어쩌면 마교의 간세가 아닐 수도 있는, 그냥 성격이 개차반인 애들도 더러 있을지도 모르겠습니다."

일청도인이 말을 받았다.

"제가 드린 것도 같습니다. 그저 심증만 갈 뿐, 아닐 수도 있는 자들도 그냥 이름을 올렸으니, 용군께서 그때그때 따로 한번 더 확인을 하시면 될 것 같습니다."

"괜찮아! 그런 놈들이라면 오해받아서 죽어도 싸!"

설무백은 단호하게 잘라 말하고는 녹산예가 전해 준 죽지의 상단을 손가락으로 짚었다.

"우선 겸사겸사 가까운 이놈들부터!"

설무백의 손가락이 낙점한 이름은 낙양(洛陽)의 흑도라는 소자 방(笑刺幇)이었다.

⁂

파도처럼 굽이치는 기와지붕과 닭의 벼슬처럼 늘어진 처마들 사이로 달빛조차 스밀 틈 없이 눈부시게 빛나는 등불의 향연이 이어지는 경사 순천부의 밤거리는 화려하고 또 아름답기 짝이 없었다.

그러나 맛난 음식도 한두 번이고, 좋은 것도 하루 이틀이라는 말이 있다.

사흘 내내 밤마다 강제로 그 모습을 바라봐야 했던, 그것도 지저분한 날씨로 유명한 북경의 비바람을 온몸으로 고스란히 맞이해야 했던, 지붕에 앉아서 그래야 했던 사내, 아도인(芽道氤)은 더 이상 참고 있을 수가 없었다.

명색이 그는 중원표국과 함께 북경상련이 보유한 양대무력인 검당(劍堂)의 당주였다.

아니, 양대무력이라지만 실질적인 무력은 중원표국보다 위에 있는 것이 검당이었다.

북경상련이 마교의 폭거로 무너진 총단을 새로 건축하면서 다시는 그런 일이 재발하지 않도록 총력을 기울여 새롭게 창설한 무력이 바로 검당이고, 아도인 그 자신은 검당이 창설되기 이전부터 북경상련에 소속된 신진무사들 중에서 가장 두각을 나타내던 소장파들의 대형이며 결국 당주의 지위까지 차지한 고수인 것이다.

'그런데 이게 뭐냐고?'

방양은 내심 이 정도면 정말 참을 만큼 참았다는 생각이 들었다.

상대가 다른 누구도 아닌 총수 방양의 친우인 설무백이 아끼는 측근이라는 이유로 방양조차 극진히 모시는 인물이라 여태 억지로 참고 있었으나, 더는 곤란했다.

"저기, 철각노사. 정말 죄송하지만, 이래야만 하는 내막이라도 알려 주시면 안 될까요?"

상대, 반백의 머리지만 팽팽한 피부로 인해 도무지 나이를 짐작할 수가 없는데다가, 한쪽 눈을 검은 안대로 가린 애꾸눈이고, 매끄럽게 뻗은 철봉이 한쪽 다리를 대신하고 있어서 왠지 모르게 기괴한 느낌을 주는 노인, 바로 철각사가 그에게 시선도 주지 않고 불쑥 엉뚱한 한마디를 흘렸다.

"애들이 급하게 구네."

"예?"

아도인은 무슨 말인가 하다가 이내 미간을 찌푸리며 반문했다.

"혹시 저 말입니까?"

철각사가 여전히 시선을 주지 않은 채 대답했다.

"제아무리 은신술에 자신이 있어도 벽을 타고 그늘을 이용하는 것이 자객의 기본인데, 이놈들은 어째 아무렇지도 않게 달빛 아래서 나대는군. 중원의 무력을 무시해도 너무 무시하고 있어서 내가 다 화가 나는군그래."

"……!"

아도인도 눈치가 아주 없지는 않았다.

아니, 내색을 삼가서 그렇지, 북경상련에서 그보다 눈치가 빠른 사람도 드물 터였다.

　대번에 정신을 차린 그는 철각사가 주시하는 방향을 예리한 눈빛으로 살펴보았다.

　그러나 그의 눈에 들어오는 것은 아마 것도 없었다.

　보이느니 지난 사흘 내내 보던 줄지은 지붕과 처마, 그 사이로 빛을 발하는 각양각색의 등불이 다였다.

　"제 눈에는 아무것도 안 보이는데요?"

　"네가 볼 수 있는 거라면 지금 내게 여기 있을 이유가 없었을 테지."

　"……."

　아도인은 본의 아니게 오기가 생겨서 두 눈에 힘을 주며 다시금 살펴보았다.

　이번에는 철각사가 바라보는 방향만이 아니라 주변까지 샅샅이 훑어보았다.

　하지만 여전히 다르게 보이는 것은 없었다.

　사방이 트인 한 누각의 지붕에 앉아 있는 까닭에 굳이 일어설 필요도 없었으나, 그는 혹시나 하고 몸까지 일으켰다.

　철각사가 그런 그의 소매를 잡았다.

　"그대로 있어. 놈들에게 내가 여기 지키고 있소, 하고 광고할래?"

　철각사의 말을 엉뚱한 소리로 느끼며 기분이 상한 표정이던 아도인은 이제야 긴장한 표정으로 변해서 자세를 낮추었다.

"지금 자객이 침입했다는, 아니, 침입하고 있다는 얘기입니까?"

철각사는 슬쩍 아도인을 일별하며 눈살을 찌푸렸다.

기실 그는 그간 방양은 물론 북경상련의 그 누구에게도 사정을 말해 주지 않았다.

지금 대동한 아도인 역시 매번 그저 같이 야경이나 구경하자며 지붕으로 끌고 올라온 것이었다.

다만 그는 아도인에게 호감이 적지 않았고, 이제 고작 이십 대 중반에 불과한 아도인의 능력도 높이 평가하고 있었다.

그가 굳이 아도인을 강제로 끌고 다닌 이유가 거기에 있었는데, 지금은 조금 실망스러웠다.

"육체를 지배하는 것은 생각이 아니라 마음이다. 그 연장선 상에서 믿음은 사람의 눈을 변화시킨다. 네가 나를 믿는 마음이 컸다면 지금 내가 보고 느끼는 것을 너도 보고 느낄 수 있었을 텐데, 아직은 네가 나를 믿는 마음이 그리 크지 않은 것 같구나."

"……!"

아도인의 안색이 굳어졌다.

당황스럽기도 하고, 선뜻 이해도 할 수 없었다.

"그건 믿고 안 믿고의 차이가 아니라 능력의 차이 아닌가요? 철각노사께서 저보다 눈도 밝고 귀도 예민하셔서 제가 보거나 들을 수 없는 것들을 보고 들으실지 몰라도, 저는 상대적으로 아직 부족해서 그럴 수 없는 게 아닙니까?"

철각사는 불쑥 물었다.

"정말 나보다 부족하다고 느끼기는 하냐?"

"……!"

아도인은 선뜻 대답하지 못했다.

문득 돌이켜보니 그는 여태껏 철각사가 무언가 무위를 발휘하는 모습을 본 적이 한 번도 없었던 것이다.

"잘 모르겠습니다."

"솔직해서 좋구나."

철각사는 피식 웃고는 자리를 털고 일어나서 지붕의 용두(龍頭)에 걸쳐 앉았다.

아도인은 다른 건 몰라도 분명 무언가 있다는 느낌은 들었기에 적잖이 긴장하며 급히 그의 곁에 시립했다.

"놈들이 이쪽으로 오나요?"

철각사가 새삼 웃으며 대꾸했다.

"그 정도는 나를 믿는 모양이구나."

아도인은 뚱해진 표정을 지으며 투덜거렸다.

"너무 그러지 마세요. 누구지? 특이하네? 이상하네? 한 번 비무라도 시청해 볼까? 라는 생각은 품고 있었지만, 적어도 나보다는 윗길을 걷고 있는 분이라는 것은 인정하고 있었습니다. 그런 마음도 없었다면 제가 매번 철각노사를 따라서 밤마다 여기 오르지 않았을 겁니다. 무슨 핑계를 대서라도 **빠져나**

갔죠."

철각사가 잠시 뜸을 들이다가 슬쩍 아도인을 일별하며 불쑥 물었다.

"너 내게 한 수 배워 볼래?"

"예?"

아도인은 이건 또 무슨 소린지 이해할 수 없어서 바로 반문했다.

"제가 비무할 기회를 주시겠는 소립니까?"

철각사가 아도인에게 시선도 주지 않은 채로 고개를 저었다.

"그보다는 조금 더 진지하게 생각해 봐라."

"……?"

아도인은 슬며시 오만상을 찡그리다가 이내 무언가 뇌리를 스치는 것을 느끼며 눈이 커졌다.

"서, 설마 지금 저보고 제자가 되라는 말입니까?"

철각사가 태연하게 되물었다.

"싫으냐?"

아도인은 적잖이 놀라고 당황한 눈빛으로 철각사라를 바라보며 절로 마른침을 삼켰다.

그리고 솔직하게 말했다.

"저도 어쩔 수 없는 사람인지라 누군가를 사부로 모신다면 가급적 뛰어난 분을 모시고 싶습니다. 그런데 지금 저는 철각 노사에 대해서 아는 바가 전혀 없습니다."

철각사가 슬쩍 돌아보았다.

"정중한 거절인 거냐?"

아도인이 고개를 저었다.

"그냥 솔직한 저의 마음입니다."

철각사가 가만히 고개를 바로하며 말했다.

"예전에는 아니었지만 어제부턴가 안 드러나려고 노력했지. 드러나는 것이 두려워서 말이다. 아마 그래서 네가 나를 모르는 것일 게다."

아도인은 기다렸다는 듯 눈을 빛내며 말꼬리를 잡았다.

"낭중지추(囊中之錐)라고 하지요. 주머니 속의 송곳이 밖으로 삐져나오지 않을 수 없는 것처럼, 뛰어난 사람은 숨어 있어도 저절로 남의 눈에 띄게 마련 아닙니까. 그 정도가 아니라면…… 사실 그다지 별 볼일 없는 게 아닐까요?"

철각사가 피식 웃었다.

"지금 격장지계(激將之計)를 쓰는 것이냐? 내 입으로 내 정체를 토해 내라고?"

"역시 안 통하시네."

아도인이 천연덕스럽게 웃으며 뒷머리를 긁적이고는 이내 진중한 태도로 재우쳐 물었다.

"아무려나, 한때 대명천하에 이름이 자자할 정도로 굉장히 날아다니시던 분이라 이거죠?"

철각사는 부정하지 않았다.

"좀 그런 편이었지."

아도인은 내심 고소를 금치 못하면서 물었다.

"내친김에 제가 철각노사께서 이름을 날리시던 석년의 존성 대명을 들을 수 있겠습니까?"

철각사는 잠시 침묵했다.

얘기가 어떻게 여기까지 왔는지 그 스스로 잘 모르겠어서 본 색을 드러내기가 망설여지는 것이었다.

반면에 아도인은 속으로 그러면 그렇지 했다.

스스로 대가를 자부하지만 막상 이름을 밝히면 대단찮은 본 색이 드러날 것을 저어하는 것이라고 생각한 것이다.

그때 나름 생각을 정리한 철각사가 자신의 본색을 드러냈다.

"나는 석정이라는 아명과 고정산이라는 이름을 가진 사람이 다. 강호무림의 동도들은 그보다 그냥 무왕으로 부르지만 말 이다. 혹시 들어 본 적이 있느냐?"

"……!"

아도인은 뜨악해진 표정으로 눈이 커져서 굳어졌다.

그러다가 한참 만에 말을 더듬었다.

"처, 철각노사께서 그 저, 전설무왕간부도의 그……? 무, 무 왕이시라고요?"

철각사는 태연하게 고개를 끄덕였다.

"아는구나."

아도인은 믿을 수 없었다.

그럴 만한 이유도 있었다. 그는 참지 못하고 따졌다.

"설 대협의 수하시잖아요!"

철각사는 대수롭지 않게 대꾸했다.

"사람은 누구나 다 존경하고 추종하는 대상이 있기 마련이다. 나도 일개 사람으로서 설무백, 설 대협에게 그런 것을 느꼈을 뿐인 거다. 나보다 강한 사람이고, 나보다 뛰어난 인물이니까. 거기에 무슨 문제라도 있느냐?"

아도인은 새삼 뜨악한 표정으로 굳어져서 눈만 멀뚱거렸다.

믿을 수도 없고 믿지 않을 수도 없는 작금의 상황에 너무 당황한 나머지 선뜻 머리가 돌아가지 않고 있었다.

철각사가 슬쩍 그런 그를 돌아보고는 다시 말했다.

"그리고 내친김에 하는 말이다만, 지금 내가 너에게 본색을 드러낸 것은 그다지 각별할 것도 없는 일이다. 젊은 주인의 주선으로 말미암아 본의 아니게 중책을 맡게 되는 바람에 이제 곧 적지 않은 사람들이 내 본색을 알게 될 테니까 말이다."

아도인은 황당함 속에 빠져서 허우적대는 와중에도 이건 또 궁금해서 말문이 절로 열렸다.

"고작 북경상련의 지붕을 지키는 것이 중책일 리는 만무하고, 대체 어떤 다른 중책을 맡으신 거죠?"

철각사는 쓰게 입맛을 다시며 대답했다.

"무림맹의 맹주다. 이미 승낙을 한 까닭에 여기 일만 끝내면 바로 떠나야 한다."

"무, 무림맹의 매, 맹주……요?"

아도인은 너무 놀랍고 황당한 상황의 연속이라 대체 지금 이게 꿈인지 생신지 구별하기가 쉽지 않았다.

정말로 꿈을 꾸는 게 아닌가 싶어서 볼을 꼬집어 보고 싶은 것을 겨우 참고 있었다.

철각사가 슬쩍 고개를 돌려서 그런 그를 힐끗 일별하며 다시 말했다.

"아무튼, 이제 내가 누군지 알았으니, 어서 결정해라. 어쩔 테냐?"

"뭘……?"

아도인은 머릿속이 백짓장처럼 하얗게 변한 상태로 지금 철각사가 무슨 말을 하는지 제대로 인지할 수 없었다.

철각사가 넌지시 하지만 호통처럼 강하게 들리는 목소리로 그런 그를 다그쳤다.

"제자가 될 테냐, 말 테냐?"

"아!"

아도인은 이제야 정신이 들어서 그대로 벌떡 일어났다.

무조건 철각사를 사부로 모시는 구배지례를 올리기 위해서였다.

그때 철각사가 급히 자리를 털고 일어나며 손을 들어서 그의 행동을 막았다.

"아무래도 네 대답은 나중에 들어야겠구나."

아도인은 본능처럼 철각사가 바라보는 방향으로 시선을 돌렸다. 그리고 보았다.

이제야 그의 시선에 들어오는 것이 있었다.

처마에 처마를 이은 지붕들의 저편, 희미한 새벽안개 아래로 가라앉아 있는 지붕으로 세 개의 검은 그림자가 스치듯 내달리고 있었다.

자객들이었다.

소용돌이 (4)

아도인의 시선에 들어온 검은 그림자들, 바로 세 명의 자객은 더 없이 은밀하게 움직이고 있었다.

철각사의 말마따나 처마나 벽의 그늘을 이용하지는 않고 있었지만, 그 빠른 속도 하나만으로도 그의 시선이 구별하기 어렵고 또 따라가기 힘겨울 정도의 움직임이었다.

'이런 자들의 움직임을 저 멀리서부터 벌써 간파했다고?'

아도인은 새삼 철각사의 능력에 감탄하는 와중에도 사력을 다해서 자객들의 움직임을 파악하려 애썼다.

머리도 복잡해졌다.

이제 어찌해야 하는가?

어떻게 대응해야 하는가?

철각사의 신형이 구름처럼 혹은 바람처럼 허공으로 두둥실 날아오른 것이 바로 그 순간이었다.

"괜히 소란스럽게 경종은 울리지 마라."

아도인은 절로 눈이 커졌다.

분명 철각사의 움직임은 그다지 빠르게 보이지 않았다.

그런데 방금 그에게 주의를 주며 공중으로 떠오른 철각사의 신형은 벌써 이십여 장이나 떨어진 저편에서, 바로 지붕 사이를 달리다가 한순간 지붕으로 올라선 자객들의 면전에서 나타나고 있었다.

마치 철각사와 그들 사이에 존재하던 공간이 순간적으로 사라진 것 같은 상황이었다.

"이런……!"

아도인은 그제야 마냥 멀뚱히 서 있는 자신의 실태를 깨달으며 전력을 다해서 신형을 날렸다.

철각사는 그사이 벌써 자객들과 대치하고 있었다.

"……!"

자객들은 네 명이었고, 하나하나가 실로 고도의 수련을 거친 자들이 분명했다.

느닷없이 나타나서 앞을 막아선 철각사를 보고도 누구 하나 놀라거나 당황하는 기색을 보이지 않았다.

대신 그중의 하나가 반사적으로 칼을 휘둘렀다.

쌔액-!

빠르고 신속한 칼질이었다.

또한 그 속도에 더해서 칼끝을 타고 흐르는 검붉은 마기가 가없는 파괴력을 드러내고 있었다.

"하긴, 목적이 분명하니 인사는 필요 없겠지. 검기나 마기나 하수는 아닌 듯하니, 제대로 상대해 주지."

철각사는 검을 뽑는 와중에 하는 말치고는 너무 여유를 부린다 싶을 정도로 장황한 중얼거림을 흘렸다.

그사이 뽑혀진 칼은 칼끝을 뒤로하는 역검의 자세에서 반원을 그리며 돌아 칼끝을 앞으로 한 모습으로 바로 잡혔다.

섬광이 명멸했다.

짧고 작은 동작에 크게 휘두르는 철각사의 팔 동작이 합쳐져서 그 자신과 칼을 휘두르는 자객 사이에서 떠오른 그 섬광이 큰 원을 그리며 돌아갔다.

그 원에 자객의 목이 걸렸다.

서걱—!

얼음 위를 미끄러지는 것처럼 소리도 없이 흐르는 검날, 그 하얀 서슬의 뒤를 섬뜩한 소음이 따라붙었다. 그리고 공중으로 천천히 떠오르는 머리가 있었다.

칼을 휘두르던 자객의 머리였다.

"놈!"

옆에 있던 다른 두 명의 자객 중 하나가 너무 놀란 듯 자신의 본분도 잊은 채 대갈일성(大喝一聲)을 내지르며 쇄도했다.

그 옆의 다른 자객도 고함을 내지르지는 않았지만 그와 같은 기세가 담긴 눈빛으로 철각사를 직시하며 달려들었다.

철각사는 그때 이미 그들, 두 자객의 사이를 파고들고 있었다.

워낙 빠른 움직임이라 그들이 간파하지 못했을 뿐, 그의 손에 들린 검은 벌써 수평으로 회전하며 수십, 아니, 수백의 검날을 포갰다가 부챗살처럼 펼쳐 놓은 듯한 원을 그리는 중이었고 말이다.

"헉!"

자객들이 뒤늦게 사태를 인지한 듯 누가 먼저랄 것도 없이 동시에 헛바람을 삼켰다.

그러나 그들에게는 이미 선택의 여지가 없었다.

직감적으로 물러나야 한다는 생각이 들었으나, 그게 다였다.

전력을 다한 쇄도를 그치고 물러날 수 있는 능력은 그들에게 없었기 때문이다.

서걱―!

섬뜩한 소음이 울렸다.

자객들의 칼날이 허공을 가르고, 철각사의 신형이 원형의 섬광을 앞세우며 그들 사이를 지나간 다음에 울린 소음이었다.

"……!"

두 명의 자객은 저마다 수중의 칼날을 앞으로 뻗어 낸 자세 그대로 굳어졌다.

그런 그들 사이를 가로질러서 뒤로 빠져나간 철각사는 그 순간에 수중의 검을 허공에 휘둘러서 피를 털어 내고는 허리춤의 검갑에 갈무리하고 있었다.

털썩-!

뒤늦게 두 명의 자객이 앞으로 고꾸라졌다.

그제야 몸에서 분리된 그들의 머리가 여기저기 따로 구르며 피를 튀겼다.

"부, 분뢰검……인가요?"

간발의 차이로 현장에 도착한 아도인이 두 눈을 부릅뜬 채로 말을 더듬었다.

아도인도 무왕의 절대검공인 분뢰검에 대한 얘기는 익히 들어서 알고 있었던 것이다.

철각사는 그에 아랑곳하지 않고 왠지 모르게 미심쩍은 표정으로 고개를 갸웃했다.

그러다가 깜짝 당황하며 튀어 올라서 쏜살같이 날아갔다.

"이런, 양동작전이었나!"

두 개의 전각 지붕을 바람처럼 가로지른 철각사의 신형은 그대로 그다음 전각의 창문을 몸으로 뚫고 들어갔다.

바로 북경상련의 총수인 방양의 거처였다.

와장창-!

박살 난 창문의 파편과 함께 내부로 들어간 철각사는 바닥을 한 바퀴 구르며 자세를 바로 했다.

그 순간, 날카로운 칼날 하나가 그의 목을 향해 휘둘러졌다.

철각사는 순간적으로 몸을 기울이며 한 바퀴 더 바닥을 구르는 것으로 칼날을 피했다.

그런 그를 향해 또 하나의 칼날이 쇄도했다.

철각사는 피하지 않고 일어나는 자세 그대로 손을 내밀어서 칼날을 움켜잡았다.

쩡-!

거친 금속성이 터지며 칼날이 박살 나서 흩어졌다.

구부린 것도, 일그러뜨린 것도 아니고 그저 한손으로 잡아서 비트는 순간에 칼날이 산산조각 나 버린 것이다.

분뢰검과 마찬가지로 석년의 그를, 바로 무왕을 대변하던 절기, 천하십대권법의 하나인 제왕수(帝王手)의 가공할 신위였다.

게다가 그와 동시에 박살 난 칼날의 파편이 주인을 덮쳤다.

"크악!"

한순간에 고슴도치처럼 변해 버린 칼의 주인이 비명을 내지르며 뒤로 나자빠지고 있었다.

앞서 먼저 칼을 휘둘렀던 자가 일순 놀라서 멈추는 순간이었다.

그는 멈췄지만, 철각사는 멈추지 않았다.

철각사는 이미 장내의 상황을 정확히 파악한 다음이었다.

장내에는 세 명의 자객이 침습했고, 방양이 구석에 몰려 있는 상태였으며, 평소 방양을 암중에서 호위하던 백검대의 대주

초빈이 방양을 등진 채로 다른 자객 하나와 대치하고 있었다.

쐐애액—!

철각사의 검극이 빛을 발하며 급변한 상황에 당황해서 멈춰버린 자객의 목을 갈랐다.

백색의 빛이 붉은 핏빛으로 바뀌는 그 순간, 철각사의 신형은 그대로 미끄러지며 초빈과 대치하고 있는 자객의 측면으로 다가들었다.

"익!"

자객이 기겁하며 칼끝을 돌려서 철각사를 맞이했다.

철각사의 수중에 들린 검극이 그런 그의 칼을 옆으로 밀쳐내고 다시 휘둘러져서 그의 목을 그었다.

"끄으······!"

수중의 칼을 내던진 자객이 비명 대신 듣기 거북한 신음을 내며 두 손으로 자신의 목을 부여잡았다.

그 순간에 그의 목이 옆으로 기울어지고 바닥으로 떨어지며 피를 뿌렸다.

지극히 비현실적이면서도 더 없이 잔인한 모습이 아닐 수 없었지만, 다른 도리가 없었다.

철각사는 이미 앞서 자객들을 상대하면서 자객들이 상당한 고수급이라는 사실을 알아차렸다.

그런 자들에게는 살수를 자제할 필요가 없었기에, 섣부른 인정은 죽음을 가져올 뿐이기에 지나칠 정도로 가혹하게 손을 썼던 것이다.

"고작 검기를 발하는 경지로 도강과 마기로 무장한 자들을 어찌 이리 간단하게……?"

방양을 등지고 있던 초빈이 얼빠진 모습으로 중얼거렸다.

역시나 이번에도 간발의 차이로 현장에 도착한 아도인도 그와 같은 경악에 휩싸인 듯 넋을 놓고 있었다.

"철각노사께서 설 대협보다 약하다는 게 정말 사실인 겁니까?"

철각사는 초빈의 반응이나 아도인의 뜬금없는 질문에 아랑곳하지 않고 잠시 검을 든 채로 서서 주변을 둘러보았다.

장내가 아니라 밖의 기척을 살피는 것이다.

"더는 없군."

철각사는 지닌 바 기감을 총동원해도 더는 자객의 침입이 감지되지 않자, 검을 옆구리에 넣었다가 길게 빼내는 것으로 피를 닦아 내고 검을 검갑에 갈무리했다.

때를 같이해서 밖으로부터 우르르 들어서는 사람들이 있었다.

"총수!"

"괜찮으십니까, 총수!"

전각의 밖을 지키던 호위들이 뒤늦게 자객의 침입을 알아채고 내실로 뛰어든 것이다.

초빈이나 아도인과 마찬가지로 넋이 나간 표정이던 방양이 그제야 정신을 차리며 버럭 했다.

"일찍도 온다! 됐다! 다 끝났으니, 괜히 정신 산란하게 어서 여기나 정리해라!"

그리곤 다급히 철각사의 곁으로 달려오며 재우쳐 말했다.

"철각노사, 이럴 때가 아닙니다! 여긴 경사이고, 지근거리에 황궁이 있습니다! 놈들이 여기서 이렇듯 버젓이 저를 노렸다면 이미 황궁에도 자객을 보냈다는 얘기가 됩니다! 그러니 어서……!"

"믿으시오."

"예?"

철각사는 어리둥절해하는 방양을 향해 전에 없이 사람 좋은 미소를 드러내 보이며 재차 말해 주었다.

"친구를 믿으시라는 소리요."

"……!"

방양이 이제야 이해한 듯 어색한 미소를 흘리며 뒷머리를 북북 긁어 댔다.

"하긴……!"

그리곤 거듭 어색한 미소를 흘리며 다시 말했다.

"그래도 혹시 모르니 한번 가 보세요. 보잘 것 없는 제게도 여섯이나 보냈으니, 그쪽은 정말 대규모 자객을 보냈을 것 아닙니까."

방양의 예상은 틀리지 않았다.

사람들의 거리가 아닌 궁성의 소로는 달빛조차 희미하게 느껴질 정도로 휘황한 등불이 밝혀져 있었는데, 그렇듯 밝은 등불이 밝히는 처마와 지붕들 위로 내달리는 수많은 그림자들이 있었고, 그 아래 전각과 전각이 만들어 놓은 그늘 속으로도 적잖은 그림자들이 내달리며 핏방울을 떨어뜨리고 있었다.

대규모 자객이 침입했고, 이미 발각당해서 쫓고 쫓기는 추격전 속에 소리 없이 그림자가 스치며, 칼날이 오가고, 누군가의 생명이 이슬처럼 스러져 자고 있는 것이다.

그런데 정작 설무백의 특명을 받고 황궁에 매복한 백영과 흑영은 사방이 트인 한 전각의 지붕에 서서 그처럼 살벌한 모습을 지켜보면서도 나설 기미 하나 없이 엉뚱한 말만 주고받으며 아웅다웅 다투고 있었다.

"거봐. 내 말이 맞지? 저렇게 바로 들키는 놈들 중에 제대로 된 놈이 있을 리 없다고."

"열여덟 명이 중정까지 들어와서야 겨우 발각된 거잖아?"

"어쨌든, 자객들인 주제에 표적을 만나기도 전에 들킨 거잖아."

"와중에 마흔 다섯이나 되는 동창과 금의위 위사들을 처치하면서도 고작 열 명밖에 죽지 않은 것은? 그 정도 실력을 갖춘 애들인데도 제대로 된 애들이 아니라고?"

"상대평가를 하는 게 아니라 절대평가를 하는 거다. 감히 황궁을 노리는 애들이잖아. 저 정도 애들이 아니면 감히 황궁을 노릴 생각이나 하겠냐? 그런 면에서 너무 약한 애들이라는 거다, 내 말은."

"지금 그런 걸 따져서 뭐 하나? 약하든 말든 쟤들은 황궁에 잠입해서 황제를 노리는 애들이라고. 그러니 이러쿵저러쿵 따질 게 아니라 어서 잡아 족치는 게 상책이라는 거다, 내 말은!"

"아냐, 너무 서두르지 않는 게 좋아. 정말 쟤들만 나선 거면 굳이 우리가 나서지 않아도 해결될 일이잖아. 그럼 괜히 나설 필요 없이 그냥 지켜보는 게 나아."

"아, 그러니까, 지금 네 말은 주군의 명령 따위는 개나 줘 버려라 이건 거네?"

"야야, 내가 언제 그랬어? 내 말은 그게 아니라……!"

"쉿!"

흑영이 급히 손가락을 입술에 대고 조용히 하라는 시늉을 했다.

누가 보면 미친놈이라고 할 백영의 혼잣말이, 정확히는 백영의 몸에 깃든 두 개의 자아인 백가인과 백가환의 다툼이 그제야 끝났다.

"가환이 이겼다. 과연 진짜는 따로 있었네."

궁성의 한곳을 응시하며 빙긋이 웃는 흑영의 속삭임이었다.

사실이었다.

궁성의 전각들 사이로 여기저기 흩어져서 추격전을 불이며 싸우는 무리와 별개로 은밀하게 움직이는 자들이 있었다.

황제의 집무실인 건청궁의 뒤쪽인 후원이었다.

기실 최근 들어 황제의 주변은 가히 철옹성과 다름없었다.

지난날 설무백이 벌인 초유의 사태로 경각심을 가진 위국공의 명령 아래, 동창의 장형천호인 패검이룡 종리매를 위시해서 전 금군대교두이자, 현 금의위 중랑장인 무적초자 공손벽과 천군의 칠공신 중에서도 사대호신위에 속하는 도찰원의 어사들인 맹사와 사곡, 그리고 스물여덟 명으로 구성된 동창과 금의위의 최상위 정예들이 상시 교대로 경계를 서고 있었기 때문이다.

따라서 흑영과 백영이 황제가 거하는 건청궁의 후원으로 은밀하게 접근하는 일단의 자객들을 발견한 시점과 동시에 그들, 종리매 등도 자객들의 접근을 간파했다.

그들의 능력은 객관적으로 평가해도 흑영이나 백영과 비교해서 나으면 나았지 결코 부족하지 않다는 방증인데, 그중에서도 종리매가 가장 빨랐다.

"적이다!"

종리매는 주변의 동료들에게 경고를 발하는 와중에도 기민하게 전면으로 자리를 이동하며 다가서는 자객들의 숫자를 파악했다.

'다섯!'

그때!

쿵—!

무거운 발소리가 들려왔다.

후원의 측면을 가린 담 쪽이었다.

자신들의 접근이 발각되었음을 인지하고 더는 숨을 필요가 없다고 판단한 것인지 담을 넘어서는 자객이 대놓고 기척을 낸 것이다.

"놈!"

그쪽 지근거리에 있던 동창의 위사 하나가 기민하게 나서며 칼을 휘둘렀다.

그 순간부터 상황이 돌변했다.

칵—!

거북한 쇳소리가 울렸다.

칼날로 철판을 긁는 듯한 그 소리와 함께 자객을 공격하던 위사가 일순 굳어졌다.

자객이 단지 팔뚝을 들어서 그의 칼날을 막아 냈던 것이다.

"……?"

종리매 역시 의아한 표정으로 그 모습을 바라보는 사이, 자객이 기괴한 목소리를 냈다.

"크르르……!"

인간의 목소리라고는 생각할 수 없는 괴음이었다.

그와 동시에 자객의 주먹이 휘둘러졌다.

우우우웅―!

역시나 인간이 내는 소리라고는 생각할 수 없는 무거운 파공음이 일어났다.

위사는 피하지 못했다.

퍽―!

둔탁한 소음과 함께 붉은 피와 허연 뇌수가 사방으로 비산했다.

위사의 머리가 수박처럼 박살 나서 비산한 것이다.

"……!"

종리매의 사고가 잠시 멈추었다.

그사이 다른 두 명의 위사가 자객에게 달려들며 칼을 휘둘렀다.

"죽어라!"

자객은 죽지 않았다.

죽은 것은 오히려 달려든 두 명의 위사였다.

"크르르……!"

자객은 예의 괴음을 흘리며 무표정한 얼굴, 무심한 눈빛으로 쇄도하는 위사들을 향해 두 손을 내밀었다.

그 두 손에 쇄도하며 휘두른 위사들의 칼날이 허무하게 튕겨졌으며, 아무런 타격을 받지 않고 그대로 뻗어진 그 두 손은 두 위사의 목을 움켜쥐었다.

"끄으으……!"

위사들의 두 눈이 핏물과 함께 튀어나왔다.

자객의 가공할 악력에 목이 비틀려 끊어지기 직전에 생긴 일이었다.

'사람이 아니다!'

종리매의 사고가 다시 돌아갔다.

때를 같이해서 쇄도한 한줄기 거친 바람이 맨손으로 두 위사의 목을 끊어 버린 자객의 가슴을 강타했다.

파악—!

자객이 뒤로 주룩 밀려 나갔다.

금의위 중랑장, 무적조차 공손벽이었다.

종리매와 달리 건청궁의 동편을 지키던 그가 합류하며 일장을 날렸던 것이다.

비틀거리며 밀려나는 자객의 면전으로 떨어져 내린 그가 연거푸 장력을 날렸다.

빠아악—!

앞서보다 배는 더 강렬한 폭음이 자객의 가슴에 작렬했다.

자객이 거듭 뒤로 튕겨지며 중심을 잃고 후원의 벽을 덮쳤다.

벽이 와르르 무너지며 자객을 파묻었다.

그러나 고통의 신음을 흘린 것인 자객이 아니라 자객을 그렇게 만든 공손벽이었다.

"크으……!"

공손벽은 앞서 장력을 날린 손목을 부여잡으며 오만상을 찌푸리고 있었다.

실로 억센 반탄력이 그의 손목에 뼈가 부러진 것 같은 통증을 일으킨 것이다.

공손벽은 당황했다.

그리고 그런 그의 당황은 이내 경악으로 바뀌었다.

쿵! 쿵쿵—!

무거운 발소리가 연이어 들려왔다.

방금 그가 전력을 다한 장력으로 내친 자객과 체격도, 표정도, 하다못해 무심하다 못해 무감동한 눈빛도 똑같은 네 명의 자객이 후원의 담을 넘어 들어오는 소리였다.

담벼락에 처박혔던 강시도 돌무더기를 헤치며 아무렇지도 않게 일어나고 있었다.

종리매가 다급히 소리쳤다.

"사람이 아니다! 강시다! 다들 물러나서 대형을 갖추고 대항해라!"

장내의 위사들이 서둘러 대형을 갖추었다.

속속들이 장내로 합류하는 위사들도 눈치 빠르게 거기 합류했다.

건청궁을 방어하는 형태의 대형이었다.

건청궁의 북쪽을 경계하던 천군의 맹사와 사곡도 이미 합류해서 전면으로 나서고 있었다.

와중에 종리매가 곁으로 다가선 공손벽을 향해 말했다.

"폐하를 피신시켜야 하오!"

공손벽이 그게 무슨 말이냐는 듯 종리매를 쳐다보았다.

종리매는 급히 사정을 설명했다.

"보통 강시들이 아니오! 내 생전에 이런 강시들은 한 번도 본 적이 없소!"

"전에 비공이 말해 준 마교의 사혼강시?"

"아마도!"

공손벽이 지그시 입술을 깨물었다.

그때 담을 넘어선 자객들이, 바로 사혼강시들이 일제히 전진했다.

그들은 서두르지 않았다.

그저 뚜벅뚜벅 위사들이 갖춘 대형을 향해서 다가서고 있었다.

"익!"

성질 급한 위사들 중 몇 명이 앞으로 나서며 지근거리로 다가선 사혼강시를 공격했다.

슈왁-!

위사들의 칼날이 사혼강시의 몸을 베었다.

사혼강시는 멀쩡했다.

베어지기는커녕 물러나거나 비틀거리지도 않고 그저 손을 내밀어서 위사가 휘두른 칼날을, 그리고 다시 위사의 목을 움켜잡았다.

"컥!"

한손에 하나씩, 두 명의 위사가 불룩하게 튀어나온 눈으로 피눈물을 흘렸다.

그리고 이내 혀를 빼물며 새파랗게 변한 얼굴로 변해서 늘어졌다.

사혼강시가 수중의 그들을 아무렇지도 않게 내던졌다.

저 멀리 날아가서 바닥을 구르는 그들의 머리는 정상이라면 도저히 그럴 수 없는 방향으로 꺾어져 있었다.

질식해서 죽기 전에 이미 목뼈가 부려져 나간 것이다.

사혼강시는, 아니, 그 사혼강시를 비롯한 다른 사혼강시들은 그게 아랑곳하지 않고 위사들의 대형으로 다가섰다.

아무런 감정을 느낄 수 없는 표정과 눈빛으로 뚜벅뚜벅 걸어서 위사들의 대형을 파고드는 것이다.

그리고 살육이 시작되었다.

칵! 카각-!

"컥!"

"크윽!"

사혼강시들은 대형을 갖춘 위사들의 공격을 온몸으로 감당했다. 그러고도 아무렇지도 않았다.

그들은 무심하게 다가서며 기계적으로 손을 내밀어서 위사들의 목을 부러트리고 머리를 박살 냈다.

위사들의 공격은 그들에게 전혀 먹히지 않았다.

그 어떤 공격도 일말의 타격조차 주지 못했다.

그들은 그저 여기저기 옷이 찢겨져 나가며 흡사 횟가루를 바른 것처럼 핏기 하나 없는 백색의 피부를 드러내고 있을 뿐이었고, 그마저도 위사들이 뿌린 피로 대번에 붉게 물들어가고 있었다.

장내가 그야말로 삽시간에 아수라장으로, 다시 한 장의 지옥도로 변해 버린 것이다.

다만 불행인지 다행인지, 강시들을 상대하는 위사들의 숫자는 전혀 줄지 않았다.

궁성 내부에 포진하고 있던 위사들이 빠르게 장내로 집결해서 싸움에 가담하고 있었기 때문이다.

"어서 폐하를⋯⋯!"

종리매는 거듭 공손벽에게 당부하며 더 이상 지켜보지 못하고 신형을 날렸다.

"물러나라!"

와중에도 위사들은 고도의 수련을 거친 정예들답게 사혼강시들과 떨어지며 거리를 벌렸다.

사혼강시들은 조금도 서두르지 않았다.

물러나는 위사들을 향해 예의 무감동한 태도로 뚜벅뚜벅 다가설 뿐이었다.

"타앗!"

매서운 기합이 터지며 높이 날아오른 종리매가 번개처럼 수직으로 떨어져 내리고, 그의 검이 전면에 나선 사혼강시 하나의 머리 중앙, 정수리를 가격했다.

일도양단의 기세, 전력을 다한 공격이었다.

쩡—!

묵직한 쇳소리가 터지며 조각난 검기가 사방으로 비산했다.

거친 반탄력으로 인해 사정없이 튕겨진 종리매는 멀찍이 떨어져서 바닥을 한 바퀴 구르고 일어나며 상대를, 바로 자신이 머리를 가격한 사혼강시를 확인했다.

그리고 절로 입을 딱 벌렸다.

사혼강시는 멀쩡했다.

정수리에 살짝 눌리고 머리가 비스듬히 옆으로 기울어진 채로 굳어진 것으로 봐서 약간의 타격을 입은 것으로 보였지만, 그게 다였다.

사혼강시는 그 상태로 아무렇지도 않게 그를 향해 다가서고 있었다.

"빌어먹을……!"

종리매의 말을 듣고도 못내 머뭇거리고 있던 공손벽이 그제 야 건청궁의 입구로 신형을 날렸다.

결국 그 역시 황제를 대피시키기는 것이 옳다는 결정을 내린 것이다.

그때 건청궁의 문이 먼저 열렸다.

그리고 제독동창 조위문과 두 명의 환관을 거느린 황제가 모습을 드러냈다.

"폐, 폐하……!"

공손벽과 종리매 등, 장내의 모두가 크게 당황하는 참인데, 밖으로 나선 황제가 준엄하게 소리쳤다.

"여기는 과인의 땅이고, 과인의 집이다! 과인이 여기를 버리고 어디를 간단 말인가! 과인이 그리고 과인을 지탱하는 그대들이 고작 그것밖에 안 되는 사람들이라면 차라리 만백성을 위해서라도 그냥 이곳에서 같이 죽는 것이 옳다!"

일순, 장내의 분위기가 바뀌어졌다.

모두가 결사의 의지를 드러내고 있었다.

황제의 준엄한 호통이 모두의 투지를 불러일으킨 것이다.

그런데 분위기가 또는 기운이 바뀐 것은 그들만이 아니었다.

강시들도 그랬다.

마냥 무감동하기만 하던 사혼강시들의 두 눈에 적광이 서렸다.

동시에 기계적으로 천천히 움직이던 그들의 동작이 갑자기 빨라졌다.

황제를 향해서였다.

쉬익-!

우선 전면에 나서 있던 사혼강시 하나가 발작적으로 움직였다.

그야말로 시위를 떠난 화살처럼 황제를 덮쳐갔다.

자세한 내막은 모르겠으나, 사혼강시들은 빠르게 움직일 수 없는 게 아니라 빠르게 움직이지 않고 있었던 것이다.

그러나 황제는 그 자리에서 꼼짝도 하지 않았다.

두려워서가 아니라 의지를 드러내는 모습이었다.

그 순간!

꽈릉―!

뇌성이 울고, 벼락이 떨어졌다.

황제의 곁을 지키던 제독동창 조위문의 반격이었다.

쇄도하는 사혼강시를 비스듬한 사선으로 베어 가는 그의 칼질, 일왕쌍성삼신사마로 대변되는 천하십대고수 중 삼신의 하나인 포아자의 뇌정신도가 불을 뿜었다.

꽝―!

사혼강시가 막지도 피하지도 않고 그대로 조위문의 뇌정신도에 가슴을 적중 당했다.

거칠게 튕겨진 사혼강시가 서너 개의 정원수를 부러트리며 날아가서 저 멀리 후원의 담벼락에 처박혔다.

담벼락이 와르르 무너지며 사혼강시를 덮었다.

나머지 사혼강시들이 일제히 달려들었다.

벌써부터 진형을 갖추고 대기하던 위사들이 삼엄하게 그들의 앞을 막아섰다.

"물러서라!"

종리매가 대갈일성을 내지르며 신형을 날렸다.

그 뒤를 따라서 공손벽을 비롯한 천군의 맹사와 사곡이 높이 날아올랐다.

잠시 멈추어졌던 장내의 격전이 다시 시작되고 있었다.

※

그리 멀리 떨어지지 않은 암중에서 다시금 격전이 벌어지기 시작하는 장내의 모습을 지켜보던 백영이 오만상을 찡그리며 물었다.

"우리가 저기서 뭘 할 수 있을까?"

백영이 곧바로 자신의 질문에 스스로 답했다.

정확히는 백영이 가진 두 개의 자아 중 하나인 백가환의 질문에 다른 하나의 자아인 백가인이 대답하는 것이었다.

"기억 안 나냐? 주군께서 우리를 보내면서 그러셨잖아. 우리는 저들보다 뛰어난 것을 가지고 있다고. 그러니 그냥 우리가 할 수 있는 것을 하면 된다고."

"……."

백가환이 침묵했다.

대신 옆에 있는 흑영이 대답했다.

"그럼 어서 저기로 가야겠군. 우리가 저들보다 뛰어난 것이라면 당연히 은신법일 테니까."

흑영의 시선은 황제의 뒤를 바라보고 있었다.

거기는 서 있던 두 명의 환관이 황제의 앞으로 나서는 바람에 비어진 공간이었다.

움직이는 속도를 더한 사혼강시는 그야말로 무적이었다.

사력을 다한 종리매의 일격을 아무렇지도 않게 맨손으로 막아 낸 사혼강시는 대번에 역으로 종리매를 몰아붙였다.

"크으……!"

종리매는 양손으로 잡은 검을 휘둘러서 달려드는 사혼강시의 머리를 연거푸 수직으로 내리치며 신음을 삼켰다.

깡—!

거친 금속성과 함께 검이 튕겨 나갔다.

하마터면 검을 놓쳐 버리는 창피를 당할 뻔한 것이다.

검 자루를 잡은 손바닥이 찢어지며 피가 나는 것은 덤이었다.

"크르르……!"

사혼강시가 한걸음 나서는 것으로 그런 그에게 달라붙으며 주먹을 휘둘렀다.

빨랐다.

튕겨지느라 아직 공중에 떠 있는 그에게 날린 주먹이었다.

"익!"

종리매는 다가드는 그 주먹을 향해서 사력을 다해 발을 뻗어 냈다.

사혼강시가 내지른 주먹을 차서 거리를 벌리려는 생각이었으나, 실수였다.

사혼강시의 손이 그의 발을 잡아챘다.

"허……!"

종리매가 강렬한 악력을 느끼며 고통보다는 황당함이 앞서 헛웃음을 흘리는 그때, 한줄기 그림자가 팔을 뻗어 낸 사혼강시의 겨드랑이 사이를 스쳐 갔다.

촤아안—!

이형백호 정소동이었다.

다른 두 구의 사혼강시를 상대로 싸우는 위사들을 지휘하던 그가 종리매의 위기를 발견하고 싸움에 개입한 것이다.

사혼강시가 움켜쥐고 있던 종리매의 발을 놓고 물러났다.

휘릭—!

겨드랑이 사이로 찢겨져 나간 옷깃을 날리며 물러나는 사혼강시의 발걸음이 어색하게 뒤뚱거렸다.

정소동의 칼이 겨드랑이를 가른 결과였다.

종리매의 두 눈이 빛을 발했다.

물러나는 사혼강시의 어깨가 한쪽으로 기울어져 있었다.

정소동이 베어 버린 겨드랑이 근육으로 인해 한쪽 팔을 제대로 쓰지 못하고 있는 것이다.

"요혈이 아닌 근맥(筋脈)을 노려라!"

발작적으로 외친 종리매는 그 자신이 먼저 쇄도해 들어서 비틀거리며 물러나는 사혼강시의 목 아래 견정혈(肩井穴)을 덮은 힘줄을 노렸다.

사혼강시가 반사적으로 몸을 비틀었다.

촤악—!

종리매의 검극이 사혼강시의 옷자락만 베었다.

베어진 옷자락 사이로 드러난 사혼강시의 살갗에는 단지 한 줄기 붉은 흔적만 남아 있었다.

"정말 지독하게도 단단하군!"

종리매가 튕겨지는 검을 바로잡느라 중심을 잃으며 이를 갈았다.

그사이 나선 정소동의 칼이 재차 사혼강시의 목과 어깨 사이 근육을 가르며 지나갔다.

촤악—!

칼날이 물에 젖은 짚단을 베듯 듣기 거북한 소음이 터졌다.

하지만 이번에도 옷깃만 베어졌다.

종리매가 소리쳤다.

"하단!"

말보다 빨리 휘둘러진 그의 검날이 사혼강시의 종아리 위쪽 오금을 훑었다.

좌아악-!

사혼강시가 아무렇지도 않게 반응해서 검을 휘두르고 지나가는 종리매의 뒷등을 향해 손을 뻗었다.

정소동이 그 순간에 달려들어서 사혼강시의 다른 쪽 다리의 오금을 칼로 베었다.

사혼강시가 반사적으로 정소동을 돌아보다가 털썩 한무릎을 꿇었다.

오금은 베어지지 않았으나, 적잖은 타격을 받은 것이다.

"좋았어!"

사혼강시에게 등을 허락했던 종리매가 그대로 솟구쳐서 역회전하며 한무릎을 꿇은 사혼강시의 어깨에 올라탔다.

그냥 올라탄 것이 아니라, 막대한 내력이 담긴 두 발로 어깨를 짓누른 것이었다.

털썩-!

사혼강시가 버티던 다른 한발마저 무릎을 꿇으며 상체를 숙였다.

사혼강시의 어깨에 올라탄 종리매가 검의 손잡이와 검극의 등을 잡은 채로 검신의 중동을 사혼강시의 목에 걸치며 발바닥으로 뒷머리를 강하게 내리눌렀다.

끼이익-!

쇠갈고리로 철판을 긁는 듯이 날카로우면서도 듣기 거북한 소음이 울리며 사혼강시의 머리가 정상이라면 도저히 그럴 수 없는 각도로 구부러졌다.

"이야야야……!"

종리매가 이를 악문 채로 괴성을 내질렀다.

비명이 아니라 사력을 다한 기합이었다.

그야말로 전신의 내공을 동원해서 사력을 다하는 것이다.

그러나 그럼에도 불구하고 사혼강시의 목은 잘려지거나 부러져 나가지 않았다.

무언가 동장불능의 상태로 변한 것 같긴 했지만, 여전히 움직이고 있었다.

앞으로 엎어진 사혼강시가 한손만으로 상체를 지탱하며 다른 한손을 쳐들어서 자신의 어깨와 등에 올라탄 채로 뒷머리를 짓누르고 있는 종리매의 발목을 움켜잡았다.

"……!"

종리매의 눈이 커졌다.

발목을 잡은 사혼강시의 악력이 엄청났던 것이다.

아니나 다를까!

푸욱—!

섬뜩한 소음이 울렸다.

사혼강시의 손이 움켜잡은 종리매의 발목에서 울린 소음이었다.

종리매의 발목을 움켜잡은 사혼강시의 손아귀 사이로 핏물이 흘러내렸다.

사혼강시의 손가락이 발목을 파고 들어간 것이다.

"이이익!"

종리매는 그게 아랑곳하지 않고 이를 악물며 버텼다.

"제발 좀 죽어라! 죽어!"

앞으로 꺾어진 사혼강시의 머리가 직각을 넘어서 반원으로 접히고 있었다.

사혼강시가 그 상태로 상체를 버티며 바닥에 대고 나머지 한 손마저 뒤로 들어서 종리매를 노렸다.

정소동이 달려들어서 그 손을 발로 밟았다.

그리고 흡사 도끼질을 하듯 높이 쳐 든 칼로 내리쳤다.

한 번!

두 번!

세 번!

쩡—!

네 번째 후려지는 순간 정소동의 칼이 중동에서부터 부러져 나갔다.

동시에 사혼강시의 팔도 어깨 아래에서부터 절반 이상이 잘려져서 덜렁거렸다.

고수답지 않게 무식한 종리매의 공격이 그 순간에 성공했다.

으드득—!

뼈가 부러져 나가는 소음이 터지며 상체를 들고 종리매의 발목을 움켜잡은 채로 악착같이 버티던 사혼강시의 머리가 바닥에 처박혔다.

그래도 아직 죽지는 않았는지 덜렁거리는 팔을 포함한 사지를 버둥거리고 있으나, 끝내 더는 일어나지 못하고 있었다. 죽지는 않았어도 동작 불능의 상태가 되어 버린 것이다.

"지독한……!"

칼을 도끼처럼 사용해서 사혼강시의 팔을 후려치던 정소동이 털썩 주저앉으며 고개를 절레절레 흔들었다.

어찌나 사력을 다했는지 일순 맥이 풀려 버린 모양이었다.

종리매는 치를 떨면서도 다급히 주변을 둘러보았다.

우선 지근거리에서 공손벽과 금의위 장수 서너 명이 손을 합쳐 사혼강시 하나를 두들기는 중이었다.

별도의 검진을 구성한 것은 아니었지만, 서로서로 공수를 나누어 가지는 기민한 움직임으로 사혼강시의 온몸을 때리고 베고 찌르고 있는 것이었다.

제법 효과가 있었다.

사혼강시는 별다른 타격을 받는 것 같지 않았으나, 대신에 그들에게 별다른 타격도 주지 못한 채 서서히 느려지는 모습이었다.

그것으로 충분했다.

매에는 장사 없다더니, 무적으로 보이던 사혼강시가 공손벽 등의 몰매에 지쳐가고 있는 것이다.

그리고 장내의 구석인 후원의 끝자락에서는 제독동창 조위문을 비롯한 천군의 맹사와 사곡이 사혼강시 하나를 구석으로 몰아붙이는 중이었고, 그와 그리 멀리 떨어지지 않은 옆에서는 삽시간에 몰려든 동창과 금의위의 위사들이 한 구의 사혼강시를 몰아붙이고 있었다.

처음에는 실로 경험해 보지 못한 사혼강시의 경천동지할 위력에 압도되어서 굼뜨게 움직이며 속절없이 당하던 위사들이었으나, 지금은 달랐다.

종리매의 조언에 힘입은 듯 한결 적절한 대응으로 사혼강시를 무력화시키고 있었다.

'나머지 하나는?'

혹시나 하는 걱정에 덜컥 심장이 내려앉은 종리매는 이내 가슴을 쓸어내렸다.

마지막 하나인 사혼강시는 건청궁의 문 앞에서 고립되어 있었다.

와중에 황제를 노린 모양인데, 황제의 곁을 지키던 두 명의 환관이 막아선 것이었다.

종리매는 이제야 안심했다.

예로부터 황궁 내에는 특수한 목적을 위해서 탄생되고 키워지는 사람들이 있고, 그중의 한 부류가 궁비(宮秘)라고 해서 오직 황제를 비롯한 황실의 종친들만을 지키는 무비(武婢)와 무노(武奴)라고 한다.

종리매가 알고 있기로 황제의 곁을 지키던 두 환관은 보통의 환관이 아니라 비일(秘一)과 비이(秘二)라는 이름을 가진 무노들이며, 무노들 중에서도 최고의 실력을 갖춘 자들로, 소림속가 제일인이라는 그조차 승부를 장담할 수 없는 고수들이었다.

그리고 지금 그들은 그 실력을 여실히 드러내고 있었다.

놀랍게도 비일과 비이는 허공을 격하고 충격을 주는 수법인 격공장(隔空掌)을 마치 총포(銃砲)를 쏴 대듯이 연속적으로 쏘아대서 사혼강시를 몰아붙이는 중이었다.

'과연……!'

종리매는 적잖이 감탄했다.

일반적으로 내공을 수련한 무인이 기를 모으고 응집시켜서 자신의 권(拳)이나 장(掌)의 위력을 배가시키는 것을 발경(發勁)이라 하고, 이는 상승의 경지로 가는 길목이다.

다시 발경의 경지는 일류로 가는 입문 단계인 것이다.

그리고 그 단계를 넘어선 무인의 경지는 바로 권풍 혹은 장풍이라 부르는 벽공장(劈空掌)이다.

벽공장은 내공을 발휘해서 경기를 날려 보내는, 즉 경기를 일으키고 발산한 다음 그 힘을 유지한 상태로 밀고 나가는 방법이며, 강호무림의 일류고수만이 가능하다.

요컨대 벽공장은 강호무림의 일류고수를 가리는 척도가 되는 것이다.

그런데 지금 비일과 비이가 쓰는 격공장은 벽공장과 달리 임의(任意)의 한 점에서 힘을, 바로 쏘아 낸 경기를 터뜨리는 고도의 수법이었다.

표적에 닿기 전까지는 아무런 위력도, 영향도 없지만 표적에 닿는 순간, 경기가 폭발해서 당하는 자는 방어할 생각도 못하지만 방어할 방법도 없는 것이다.

지금 비일과 비이에게 당하는 사혼강시가 그랬다.

이렇다 할 대항조차 하지 못한 채 속절없이 뒤로 밀리며 빠르게 동작 불능의 상태로 변해 가고 있었다.

종리매는 한결 느긋한 마음이 되어 비일과 비이의 무위에 감탄하면서도 급히 황제의 곁으로 가기 위해서 발길을 서둘렀다.

아무래도 건청궁의 대청마루에 홀로 서 있는 황제가 못내 걱정이 되었던 것인데, 바로 그때였다.

콰르르륵-!

실로 느닷없이 황제가 서 있는 대청마루의 천장이 무너졌다.

전체가 아니라 일부, 바로 황제의 머리 위의 천장이었다. 그리고 그 속에는 떨어지는 잔해보다도 더 빠르게 쏟아지는 번뜩이는 빛이 있었다.

"앗!"

종리매는 경악하는 와중에도 반사적으로 신형을 날렸다.

그만이 아니라 다른 강시들을 상대하고 있던 공손벽과 조의문, 비일, 비이 등도 본능적으로 신형을 날리고 있었다.

그러나 이미 늦었다.

아니, 늦었다고 생각했다.

그들과 황제의 사이에는 거리가 있었고, 무너지는 천장의 잔해 속에서 삐져나온 번뜩이는 빛은, 바로 칼날은 전광석화 같은 그들의 반응이 무색할 정도로 빨랐기 때문이다.

그 순간!

챙―!

거짓말처럼 허공에서 나타난 칼날이 천장의 잔해 속에서 튀어나온 칼날을 막았다.

때를 같이해서 황제의 신형이 뒤로 주르륵 미끄러져서 무너지는 천장의 잔해를 피했다.

역시나 거짓말처럼 나타난 백색의 인영 하나가 뒤에서부터 황제를 잡아당긴 것이다.

찰나를 반으로 쪼개 놓은 것 같은 그 순간, 무너지는 천장의 잔해 속에서 두 번째 거친 금속성이 이어졌다.

채챙―!

불꽃이 튀었다.

그 뒤를 따라서 살과 뼈가 베어지는 섬뜩한 소음이 이어졌으나, 그 소리는 천장의 잔해가 대청마루를 뒤덮는 소음 속에 묻혀 버렸다.

하지만 적어도 종리매를 포함한 몇몇 고수들은 와중에도 정확히 보았다.

거짓말처럼 나타난 외팔이 흑의사내가 천장을 뚫고 떨어지며 황제를 노리던 자객의 목을 베었다.

그리고 다음 순간에 그들은 어리둥절해하는 황제와 천장의 잔해 속에 반쯤 묻혀 버린 머리 잃은 자객의 몸뚱이만을 남겨 둔 채 홀연히 사라져 버렸다.

죽은 자객은 사혼강시가 아니었다.

그가 바로 황제를 노린 진짜 자객이었다.

"비공……."

종리매는 홀로 중얼거렸다.

그런 그를 반사적으로 신형을 날리다가 멈춘 공손벽과 조위문 등이 물끄러미 바라보았다.

소용돌이 (5)

하남성의 서쪽, 황하의 남쪽 물줄기와 낙하(洛河)의 북쪽 물줄기에 위치한 낙양은 '아홉 왕조의 도읍(九朝古都)'이라고 불리는 말이 대변하듯 사통팔달의 전범이며 그에 따라 물류의 중심지로 번영을 거듭해서 대대로 부호들이 많은 도회지이다.

그러나 세상의 이치가 다 그렇듯 빛이 있으면 어둠도 거기 있는 것처럼 소문만 믿고 일거리를 찾아서 몰려든 사람들의 영향으로 부익부빈익빈의 차이가 극명하고, 그 틈새에서 이득을 취하려는 흑도의 난립으로 인해 여타 도회지보다 더 어지러운 치안 아래 삭막한 분란이 많은 지역이기도 하다.

지금 설무백 등이 지나는 거리도 그랬다.

낙양의 시내에서 남쪽의 성벽과 가까울 정도로 제법 많이 떨어진 장소임에도 불구하고 매우 소란스러웠다.

아침이 바로 지난 이른 시간인데도 거리에는 행인들이 가득하고 주변의 다원과 주점들은 손님으로 북적거렸다.

무엇보다도 그들을 주시하는 시선들이 적지 않았다.

오가는 행인들의 대부분이 노역꾼들의 일반적인 복장인 짧은 바지에 허름한 상의인 데 반해 그들은 꽤나 비싸 보이는 비단옷인 데다가, 구성원 자체가 특이해서 더욱 그런 것 같았다.

앞에서 길을 안내하고 있는 녹산예와 일청도인은 그렇다 쳐도, 설무백은 눈에 확 띄는 눈부신 백발의 청년이고, 그 뒤에서 따르는 철면신은 큼직한 죽립을 깊이 눌러쓰고 있으며, 거대한 대월을 등에 짊어진 공야무륵이나 요사스럽도록 깜찍한 미모의 요미를 어깨에 앉히고 걷는 거대한 체구의 여자, 고고매 역시 누구라도 시선이 갈 수밖에 없는 사람들인 것이다.

다만 다들 힐끔거릴 뿐, 대놓고 그들을 바라보는 사람은 없었다.

어쩌다가 시선을 마주한 사람들은 얼른 다른 곳을 보고나 딴전을 피웠다.

그럴 수밖에 없을 터였다.

생김새와 차림새는 주목을 받을 만하지만, 그들의 주변을 감싸고도는 분위기는 그 누구라도 쉽게 마주하기 어려운 위압감이 느껴지는 것이다.

"이 동네 파락호들은 다 모인 것 같네요."

천하천의
주인

녹산예의 말이었다.

그들의 시선을 피하면서도 그들의 행보를 예의 주시하고 있는 자들이 주변에 적지 않게 깔려 있었다.

물론 그녀의 말과 달리 파락호는 아니었다.

다들 무공을 익혀서 제법 예리한 눈빛을 드러내는 자들이었다.

"그러게. 이 길밖에 없어?"

"다른 길은 너무 멀리 돌아가서요. 이제 다 왔어요. 저기 저쪽 길이니, 굳이 따라오는 애들이 없다면 사람들의 이목은 피할 수 있을 거예요."

녹산예는 휘적휘적 걸어서 대로의 모퉁이에 자리한 골목으로 그들을 안내했다.

지저분한 골목이었다.

햇살도 잘 들지 않아서 음침한 골목, 군데군데 패인 바닥에는 더러운 물이 고여 썩어 가고, 좌우로는 듬성듬성 세워진 담 너머로 쓰러져 가는 집들이 다닥다닥 붙어 있는데, 어울리지 않게도 그 모든 집마다 각양각색의 꽃등이 내걸려 있었다.

창기들이 모여 사는 홍등가(紅燈街)였다.

골목의 여기저기에는 간밤의 피로가 풀리지 않은 창기들이 의자나 돗자리에 앉아서 해바라기를 하고 있었다.

"여기……라고?"

"아니요. 쟤들 너머요."

서너 명의 사내가 저편에서 그들이 지나가려는 골목을 막아
서고 있었다.

　그 뒤로도 하나둘씩 건장한 사내들이 모여드는 중이었다.

　하나같이 싸움깨나 해 보듯 얼굴 여기저기에 흉터를 가진 험
상궂은 사내들이었다.

　사내들 중 하나가 그사이에 앞으로 조금 다가서며 말했다.

　"타지인들 같은데, 길을 잘못 들은 것 같다. 그냥 거기서 발길
을 돌리면 별 탈 없을 테니, 어서 돌아가라."

　설무백은 슬쩍 녹산예를 바라보며 물었다.

　"얘들이 여길 막을 이유가 있나?"

　녹산예가 어깨를 으쓱했다.

　"잘 모르겠네요. 여기 근방을 관할하는 흑도인 벽풍당(壁風黨)
애들 같은데, 제가 듣기로는 원래 애들은 이렇게 지나가는 길
손에게 행패를 부리는 애들이 아니라고 했거든요."

　그리고 재우쳐 물었다.

　"어떻게 할까요?"

　공야무륵이 앞으로 나서며 설무백을 바라보았다.

　설무백은 먼저 말했다.

　"네가 무슨 살인마냐? 저런 애들까지 죽이면 욕된다."

　공야무륵이 머리를 긁적이며 물러났다.

　설무백은 앞으로 나서며 사내들을 향해 말했다.

　"나는 설무백이라고 한다. 혹시 누구 나를 아는 사람 있나?"

사내들이 웃었다. 비웃음이었다.

나름 친절한 경고로 선의를 베푼 선두의 사내가 헛웃음을 흘렸다.

"지랄이다, 정말. 이젠 정말 개나 소나 다 설무백이라고 하고 자빠졌네."

사내가 대번에 험악해져서 으르렁거렸다.

"지금 감히 어디서 약을 팔고 지랄이냐 지랄은? 네가 설무백이면 나는 장삼봉이다, 이 새끼야! 까불지 말고 좋은 말로 할 때 어서 썩 꺼져라 응?"

설무백은 입맛을 다시며 쓰게 웃었다.

흑점의 흑혈에게 중원 각지에서 그를 빙자한 사기꾼들이 넘쳐난다는 얘기를 들은 후라 웃음밖에 나오지 않았다.

"진짠데?"

"이 새끼가 아직도 똥인지 된장인지 모르고……!"

험악하게 눈을 부라린 사내가 주먹을 쳐들며 다가섰다.

설무백은 한 걸음으로 서너 장이나 떨어져 있는 사내의 면전까지 마중하며 뺨을 후려갈겼다.

사내로서는 이게 대체 뭐가 어떻게 되는 상황인지 제대로 인식조차 하지 못하는 순간이었다.

짝—!

"진짜라고!"

"악!"

사내가 절로 거칠게 돌아간 고개와 함께 바닥에 나뒹굴었다.

따로 내력을 운기하지도 않았으나, 절로 일어난 기운이 서린 설무백의 손은 쇠뭉치보다도 더한 위력인 것이다.

"이놈이……!"

곁에 있던 다른 사내들이 우르르 달려들었다.

설무백은 와중에도 한숨을 내쉬며 그들 모두의 뺨을 한차례씩 후려갈겼다.

"진짜라고!"

짝—!

"악!"

"진짜!"

짝—!

"악!"

"진짜!"

짝—!

"악!"

마지막 사내가 두 손을 번쩍 쳐들며 외쳤다.

"진짭니다! 저는 처음부터 믿고 있었습니다!"

설무백은 손을 쳐든 상태 그대로 뒤쪽에 모인 다른 사내들을 바라보았다.

어느새 십여 명의 사내들이 집결했는데, 그들 모두가 그의 시선을 받기 무섭게 두 손을 번쩍 쳐들며 옆으로 붙어서 길을 내주고 있었다.

설무백은 그제야 손을 내리며 물었다.

"대체 왜 우리를 막은 거냐?"

사내가 두 손을 쳐든 상태로 대답했다.

"우리 당주의 친구분이 저쪽에 살고 계십니다. 그분이 원채 사람들의 방문을 꺼려하시는 터라 가끔 이렇게 우리가 나서서 막아 주곤 합니다."

"혹시 그분이……?"

설무백은 넌지시 물었다.

"과거 낙양대협으로 불리시던 여상, 여 대협이신가?"

그랬다.

설무백이 낙양의 흑도인 소자방을 방문하기에 앞서 겸사겸사 라고 말한 이유가 바로 이것이었다.

그는 벌써부터 지난날 멸문지화를 당하며 행방이 모연해졌다는 의부 설인보의 죽마고우인 낙양대협 여상의 행적을 수소문했고, 얼마 전에 찾아냈던 것이다.

"그, 그건……!"

설무백의 질문을 들은 사내가 난색을 표명했다.

"저희들도 잘 모릅니다. 저희들은 그저 당주의 오랜 친우이신 라고만 알고, 구(口) 대형이라 부르고 있습니다."

"구…… 대형?"

설무백은 슬쩍 녹산예를 돌아보았다.

녹산예가 새삼 어깨를 으쓱하며 말했다.

"저도 예하의 애들에게 들은 정보라 자세한 내막은 모르지만, 그분이 다른 사람들에게 구 대형이라고 불린다는 얘기는 얼핏 들은 것 같네요."

설무백은 쓰게 입맛을 다시고는 다시금 사내들을 둘러보았다. 그리고 여태 대화를 나누던 사내가 아닌 다른 사내에게 시선을 주었다.

나중에 나타난 사내들의 무리 속에 섞여 있는 삼십대 초반 정도의 흑포인이었다.

설무백은 처음부터 알고 있었다.

흑포인은 애써 나서지는 않고 있었지만, 군계일학(群鷄一鶴)이라는 말이 어울릴 정도로 다른 사내들과 확연히 구분되는 기도의 소유자였다.

그래 봤자 설무백의 눈에는 우스운 수준이었으나, 그가 진짜 무리의 수뇌인 것이다.

"……."

흑포인이 그의 시선을 의식하고는 슬쩍 딴청을 부렸다.

설무백은 그저 웃으며 말했다.

"나서지 않은 건 잘한 거야. 부족함을 느끼면 다른 계책을 도모하는 게 상책이지."

흑포인이 흠칫 놀란 표정으로 설무백을 바라보았다.

설무백은 나름 정중하게 다시 말했다.

"나는 그분을 해를 끼치려고 온 것이 아니니 다른 걱정 말고 돌아가라. 돌아가거든 너희들 당주에게도 괜히 수선 피지 말고 조용히 있으라고 전해 주고."

흑포인이 잠시 머뭇거리다가 물었다.

"진짜 설무백, 설 대협이시오?"

설무백은 한숨을 내쉬며 그의 곁을 지나가며 말했다.

"정 의심스러우면 따라오고."

흑포인이 그제야 보란 듯이 쳐들고 있던 두 손을 내리며 다른 사내들에게 눈짓했다.

다른 사내들이 더욱 바싹 옆으로 붙어서 길을 내주었다.

설무백은 슬쩍 녹산예를 바라보았다.

"아……!"

멀뚱히 서서 그의 시선을 마주한 녹산예가 뒤늦게 자신의 실태를 까달으며 급히 앞으로 나섰다.

설무백은 그런 그녀의 뒤를 따라 사내들 사이를 지나서 골목 안으로 깊숙이 들어갔다.

흑포인이 조용히 그들의 뒤를 따라왔다.

골목은 미로처럼 어지럽게 이어져 있었다.

모든 것을 말로만 전해 들었다는 녹산예가 그런 미로를 용케도 길을 잃지 않고 이리저리 파고들더니, 이윽고 작은 모옥 앞에서 발길을 멈추었다.

허리까지 자란 싸리나무가 담을 대신하는 너머로, 작으나마 앞마당과 제법 넓은 텃밭을 가진 모옥이었다.

그리고 텃밭에는 이것저것 식재료로 쓸 수 있는 야채들이 자라고 있었는데, 허름한 마의를 걸친 노인 하나가 그 텃밭에 물을 주고 있다가 설무백 등에게 시선을 주었다.

처음에는 몰랐는데, 얼굴에 크고 작은 흉터가 가득해서 흉신악살처럼 보이는 노인이었다.

상당한 기도가 엿보였다.

설무백은 내심 확신을 가지며 눈짓으로 공야무륵 등을 싸리문 밖에 세워 두고 안으로 들어가서 정중히 공수했다.

"여상, 여 숙부님이신지요?"

마의노인이 흉신악살과도 같은 모습과 달리 깊고 그윽한 눈빛을 드러냈다.

"내 이름을 아는 것도 신기한데, 하물며 숙부라……?"

설무백은 정중히 자신을 소개했다.

"설무백이라고 합니다."

설무백을 살펴보던 마의노인이 슬쩍 고개를 돌려서 미적미적 울타리 안으로 들어서는 흑포인에게 시선을 주었다.

흑포인이 고개를 숙이며 말했다.

"저의 능력으로는 역부족이었습니다."

"그렇겠지."

마의노인이 울지도 웃지도 못하겠다는 표정으로 크게 심호흡을 하며 설무백을 향해 말했다.

"어떻게 알고 찾아왔는지는 모르겠으나, 친구의 아들놈에게까지 내가 아니라고 말할 수는 없겠네그려. 내 근자에 설 가 친구 아들놈의 머리가 백발이라는 얘기를 들었는데, 자네가 그 아이가 보군그래?"

설무백은 기꺼운 표정으로 거듭 공수했다.

"예, 그렇습니다. 진즉에 찾아뵙지 못해서 정말 죄송합니다, 숙부님."

"무슨 그런 소리를…… 보다시피 내 처지가 이 모양 이 꼴인 것을…… 하하하……!"

마의노인, 과거 낙양 최고의 명숙으로 손꼽히던 낙양대협 여상이 어느새 복잡 미묘한 심정을 정리한 듯 호탕하게 웃고는 텃밭을 나서며 자리를 권했다.

"아무려나, 어서 이리 앉게. 보다시피 변변히 대접할 것은 없고, 식은 차라도 한잔 같이하세."

여상은 모옥의 마루에 자리를 권했다. 그리고 서둘러 차병과 찻잔 등 다기를 내와서 찻물을 우려내며 물었다.

"그래 무슨 일로 찾아온 겐가? 이빨 빠진 호랑이가 늘그막에 세상사 다 잊고 홀로 편히 살려고 이름까지 버린 마당이라 찾기가 쉽지 않았을 텐데 말이야."

설무백은 있는 그대로 솔직하게 말했다.

"원래는 모시러 왔습니다. 아시겠지만 아버님께서 은퇴하시고 적적한 시간을 보내시고 계시는 까닭에 숙부님과 함께 지내시면 좋을 것 같아서요."

여상이 묘하다는 표정으로 설무백을 바라보며 고개를 갸웃했다.

"설 가가 수모를 피해서 은거했다는 소문은 들었지. 그런데 원래는 이라니? 지금은 자네의 그 생각이 바뀌었다는 건가?"

"예."

"어째서?"

"숙부님께서 복수를 생각하고 계시는 것 같아서요."

설무백의 말을 들은 여상의 안색이 살짝 굳어졌다.

"내가……?"

"아닌가요?"

여상이 대답하지 않고 침묵했다.

설무백은 자신이 알고 있는 것을 말했다.

"저는 숙부님의 가문을 그렇게 만든 자들이 바로 쾌활림이라고 알고 있습니다. 숙부님도 그걸 알고 계시지 않습니까?"

여상이 이번에도 대답하지 않고 한결 깊어진 눈빛으로 설무백을 바라만 보았다.

설무백은 거두절미하고 단도직입적으로 다시 물었다.

"여기 벽풍당, 숙부님이 만드신 거죠?"

"그날 밤 나는 정말 악몽을 꾸고 있다고 생각했네. 믿었던 수하가 노모의 가슴에 칼을 박았을 때까지도 나는 진심으로 어서 빨리 꿈에서 깨기만을 바랐어."

꿈이 아니었다.

너무나도 분명한 현실이었다.

늙으신 어머니의 가슴에서 뿜어져 나온 뜨거운 핏물이 얼굴을 적시는 순간 여상은 꿈에서 깰 수 있었다. 아니, 꿈이라고 생각하던 현실을 인지한 것이었다.

어떻게 그 수하를 죽였는지 몰랐다.

정신을 차려 보니 이미 죽은 수하의 목을 조르고 있는 자신을 발견했다.

주변이 온통 불길에 휩싸인 것을 인지한 것도 그때였다.

여상은 그제야 밖으로 뛰쳐나왔고, 다시금 악몽 같은 현실과 마주쳤다.

걸레처럼 사지가 찢겨진 부인 이(李) 씨의 시신이 대청마루에 널려 있었다.

화염에 휩싸인 정원과 주변의 건물 마당에는 강호에 용명(勇名)을 드날리던 용 같고 범 같은 가신(家臣)들이 목이 떨어져서 혹은 가슴이 베어지고 배가 갈라져서 내장을 드러낸 채로 즐비하게 널브러져 있었다.

그러나 그보다 더 믿을 수 없는 광경은 자객들로 보이는 자들의 선두에 나서 있는 그의 양자, 여몽(呂夢)이었다.

꿈같이 찾아왔다고, 여 씨 가문의 꿈을 이루라고 그가 직접 지어둔 이름 몽(夢), 친자식보다도 더 친자식처럼 키운 그 아이의 손이 쥐고 있는 것은 손대면 터질까 애지중지 금지옥엽(金枝

玉葉)의 키운 여식 여진(呂眞)의 머리였다.

눈이 돌아간 여상은 야수가 되어서 물불 안 가리고 싸웠다.

그러나 적이 너무 강했다.

낙양대협이라는 별호와 걸맞게 적어도 낙양에서는 적수가 없다고 알려진 그의 무위로도 적을 처치하기는커녕 고작 버티는 것이 다였다.

여상이 그것을 깨달은 것은 전신이 피투성이 야차(夜叉)와 같은 몰골로 변한 다음이었다.

대체 몇 번의 칼질에 당했는지는 몰라도 선혈이 낭자한 전신이 더 이상 뜻대로 움직이지 않았을 때, 그는 정신을 차렸고, 부지불식간에 깨달았다.

살아야 했다.

이대로 죽을 수 없었다.

살아서 복수를 해야만 했다.

아니, 최소한 적이 누구고 왜 이런 짓을 벌였는지 알아내고 싶었다.

여상은 그제야 적을 피해서 신형을 날렸고, 무작정 뛰기 시작했다.

두 다리의 힘이 부족할 때는 두 손마저 사용해서 바닥을 기면서까지 도망쳤다.

"그때의 기억은 내게 없다네. 그냥 그렇게 살아났어. 정신을 차리고 보니 거친 강물에 떠내려가고 있더군. 그러다가 지나가던 상선의 도움을 받아서 삼문협(三門峽)까지 갔네. 한동안 거기서 지냈지. 신분을 감출 필요도 없었어."

여상은 인상을 찌푸리며, 사실은 쓰게 웃으며 두 팔을 펼쳐 보였다.

"보다시피 이 모양 이 꼴이라 알아보는 자가 아무도 없더군. 그리고 얼마 전에 여기 낙양으로 돌아왔지. 어찌어찌 당시의 적이 누군지는 알아냈는데, 이 몸으로 기반을 닦으려니 생각나는 건 여기 낙양밖에 없어서……."

긴 설명 끝에 힘없이 말꼬리를 흐린 여상은 새삼 쓰게 웃으며 재우쳐 물었다.

"아까 여기 벽풍당을 조직한 것이 나냐고 물었지?"

설무백은 대답이 필요 없는 질문이라 그저 무던하게 바라만 보고 있었다.

과연 여상은 대답을 기다리지 않고 고개를 끄덕이며 계속 말을 이어 나갔다.

"그래 내가 조직했네. 복수를 위해서. 분명 처음엔 그랬지. 다른 사람의 힘을 빌리지 않고 내 힘으로 복수하고 싶어서 말일세. 알량한 무위로 주제도 모르고……."

그는 슬프게 웃으며 고개를 저었다.

"하지만 지금은 잘 모르겠네. 세월이 약이라더니, 정말 그런 건지 많이 무뎌졌어. 역부족이라는 것도 절실히 느꼈고, 무림맹이 나서서 쾌활림을 초토화시킨 영향도 적지 않았고…… 그냥 마음이 그래. 사도진악과 그 아이 여몽이 살아서 **빠져나갔**다는 소식을 들었음에도 불구하고 이제는 과연 내가 해낼 수 있나 하는 의심만 들고 있다네."

설무백은 정말이지 남의 얘기 같지 않았다.

흉신악살처럼 험악한 얼굴과 달리 한없이 무력해 보이는 여상의 눈빛 때문에 더욱 그랬다.

아니, 그 자신 역시 믿었던 사람에게 배신을 당했던 몸이라 더더욱 그럴 터이다.

이유를 알 수 없는 안타까움이 진한 슬픔처럼 밀려와서 가슴이 쓰리고 아팠다.

그때 그 자리에 지금의 자신이 여상과 같이 있었으면 얼마나 좋았을까.

무조건 그 후레자식 여몽을, 바로 흑룡을 죽지도 살지도 못하게 반만 죽여서 여상에게 던져 줬을 것이다.

"그 아이 여몽이……."

설무백은 말문을 열어 놓고 잠시 뜸을 들이다가 확인했다.

"흑사자들의 대형인 흑룡이지요?"

여상이 새삼 슬픈 미소를 지으며 고개를 끄덕였다.

"이런저런 이름을 거쳐서 그렇게 불린다고 하더군. 사실 나도 그걸 안 지 얼마 되지 않았네."

설무백은 애써 마음을 다잡으며 말했다.

"무림맹이 쾌활림을 공격할 때 저도 그 자리에 있었습니다."

여상의 안색이 변했다.

"자네가……?"

"예. 사실 그 일을 제가 주도했습니다. 애석하게도 사도진악과 흑룡은 사전에 자리를 비우는 바람에 그만 놓쳐 버렸지만 말입니다."

여상이 감탄했다.

"자네의 위명은 익히 들어서 잘 알고 있었네만, 무림맹마저 움직일 수 있는 역량이 있을 줄은 정말 몰랐군. 정말 대단하이, 대단해!"

"자네가 아니라……."

설무백은 자못 진중한 목소리와 달리 웃는 낯을 보이며 잘라 말했다.

"너라고 하대해 주십시오. 조카자식도 자식 아닙니까."

"……!"

여상의 눈빛이 크게 흔들렸다.

실로 뭐라고 형용할 수 없는 감정이 북받치는 모습이었다.

설무백은 애써 그의 반응을 무시하며 재우쳐 말했다.

"해서, 내친김에 말씀드립니다만, 그 복수 저와 함께 하시면 안 되겠습니까, 숙부님? 기실 저들이 숙부님에게 저지른 천인공노할 만행과 무관하게 저 또한 그자들과는 절대 같은 하늘을 이고 살 수는 없는 몸입니다!"

여상이 지그시 어금니를 악물며 마른침을 삼켰다.

북받친 감정으로 목이 메는 것이다.

이윽고, 그는 힘겹게 입을 열어서 물었다.

"내가 무엇을 하면 될까?"

승낙이었다.

설무백은 웃는 낯으로 대답했다.

"우선은 느긋하게 기다리시면 됩니다. 그자들을 상대하기에 앞서 먼저 처리해야 할 일들이 조금 있으니, 구경이나 하시면 서요."

여상은 무언가를 느긋하게 기다리는 체질이 아니었다.

설무백에게 낙양에 온 이유를 듣는 그 순간부터 그는 다른 누구보다도 바쁘게 그리고 빠르게 움직였다.

설무백도 어느 정도 예상은 했지만, 여상이 조직한 벽풍당은 실로 지닌 바 저력이 남다른 흑도방파였다.

본디 낙양의 무림은 인근의 숭산 소림사가 자리한 지역적인 효과에 힘입어 대대로 정도 세력이 득세하는 지역이었으나, 마교가 발호한 이후부터 판세가 크게 변했다.

작금의 강호무림이 다 그렇듯 이때를 노린 것처럼 속속들이 등장한 전대의 거마들과 우후죽순처럼 난립하는 사마도의 세력들로 인해 기존의 정도 세력이 쇠락하며 낙양의 무림 역시도 흑도천하가 되어 버렸다.

그것도 황권이 바뀌고 곧바로 이어진 전쟁의 여파로 지부와 포도아문이 제구실을 하지 못하는 상황이라 강호무림의 철칙을 깨고 일반 백성들에게까지 패악을 부리는 자들이 득시글거리는 흑도 천하였다.

마교의 간섭과 위협 속에서 세외와 관외, 중원을 포함한 모든 천하가 아직도 여전히 내일을 알 수 없는 복마전에 빠져 허덕이고 있는 것이다.

다만 오늘의 패주가 내일은 멸문지화를 당하는 경우고 속출할 정도로 하루가 다르게 뒤집히는 그 속에서도 엄연히 강자가 있고 약자가 존재하는 것이 무림의 철칙이다.

작금의 낙양무림도 그 범주를 크게 벗어나지 않았다.

대외적으로 알려진 바에 따르면 기존의 정도 세력이 웅크리는 데 급급한 가운데, 낙양을 주도하는 흑도방파는 네 군데로, 각기 낙양의 중앙대로를 기점으로 동서남북의 지역을 차지한 대양방(大陽幇)와 흑수당(黑手黨), 오도회(五刀會), 그리고 문제의 소자방이 바로 그 세력들이었다.

다시 말해서 벽풍당은 동쪽 지역을 차지한 대양방과 남쪽지역을 차지한 오도회의 중간에 자리한 소규모 흑도단체인 것인데, 이채롭게도 그들은 낙양에 난립한 여타 수십 개의 흑도집단들과 달리 인접한 대양방이나 오도회 중 그 어느 세력과도 결탁하지 않고 독자적인 생활을 구축하고 있었다.

그리고 그 이유는 암중에서 뒤를 봐주는 여상의 영향력도 무시할 수 없었지만, 그에 앞서 벽풍당의 당주를 비롯한 그 의 형제들인 용문사우(龍門四友)의 능력이 지대했다.

벽풍당의 수장이자, 용문사우의 첫째인 철인(鐵人) 이장보(李章甫)와 둘째 철수(鐵手) 과도유(科導誘), 셋째 철각(鐵脚) 구칠(具七), 넷째 철패(鐵覇) 석무주(石武周)는 낙양무림에서 달리 사대철인(四大鐵人)이라고 불리는데, 실로 일개 지방의 흑도라고는 믿을 수 없을 정도로 뛰어난 무위를 가지고 있었다.

무엇보다도 그들, 사대철인은 더 할 수 없이 지독한 독종들이라 적어도 낙양에서는 그들이 소속된 벽풍당이라는 이름이 특별한 힘을 지니고 있었다.

마교가 발호하며 강호무림이 환란의 시대를 맞이한 이후부터 낙양무림 역시도 기존의 세력과 신흥 세력, 또는 느닷없이 등장한 전대의 거마들 사이에서 하루가 멀다 하고 피비린내 나는 다툼이 벌어지고 있었으나, 그들이 나서면 해결되지 않는 일이란 거의 없었다.

물론 그들이 어지간한 일에는 참견을 하지 않아서, 정확히 말하면 남들이 모르는 그들의 주군인 낙양대협 여상이 힘을 기르는데 주력할 뿐 나서는 것을 기피해서 여타 세력들과 그다지 큰 알력이나 분쟁은 일어나지 않았으나, 끝내 정신을 못 차리고 그들의 지역까지 와서 횡포를 부리던 자들은 소리 소문 없이 사라지기 일쑤였다.

그 때문이었다.

일련의 사건들을 겪으면서 사대 흑도를 비롯한 모든 낙양무림의 흑도 세력들은 벽풍당을 건드려서 좋을 것이 없다는 인식을 가지게 되었고, 벽풍당은 그렇게 겉으로 드러나지 않은, 말 그대로 아는 사람만 아는 낙양무림의 실세처럼 홀로 도도한 생활을 영위하고 있었던 것이다.

이는 하오문이 입수한 정보와도 큰 차이가 있어서 설무백조차도 적잖이 놀랐다.

그리고 또 놀랄 만한 사실이 있었다.

여상이 설무백 등에게 용문사우를 소개해 주는 자리에서 그것을 밝혀 주었다.

용문사우는 여상이 뒤늦게 품은 제자들이었다.

여상은 설무백이 보고 느낀 것보다도 훨씬 더 치밀하고 또한 겸손한 위인이었던 것이다.

그런 여상의 주도 아래 사대철인이라 불리는 벽풍당의 용문사우가 발 빠르게 나서자 모든 일이 일사천리로 진행되었다.

불과 하루, 다음 날 아침이었다.

낙양무림의 밤을 지배하는 사대흑도의 수장들이 저마다 수뇌진을 대동한 채 한자리에 집결했다.

모르긴 해도, 설무백이 직접 나섰다면 실로 피바람을 부르면서도 족히 사나흘은 소요될 일이 하루 만에 끝난 것이다.

'마교의 중원 진출을 막고 있는 건 나나 무림맹이 아니라 이렇듯 보이지 않는 곳에서 활약하는 사람들이 무수히 많기 때문일 것이다!'

마당에 모인 사람들이 한눈에 보이는 모옥의 창가였다.

설무백은 새삼 깊은 깨달음을 얻으며 사대흑도의 수뇌들과 그 측근들의 면면을 유심히 살펴보았다.

이제는 그가 나서야 할 때인 것인데, 역시나 하오문의 정보는 틀리지 않았다.

소자방의 방주인 소리장도(笑裏藏刀) 등적(鄧商)과 그와 함께 소자방의 수뇌진을 구성한다는 두 명의 당주와 네 명의 향주들 모두에게서 마기가 느껴졌다.

그리고 그들만이 아니었다.

다른 삼대 흑도의 요인들 중에도 마기를 갈무리하고 있는 자들이 있었다.

'어느새 많이도 손을 뻗쳤군!'

독심을 품은 설무백의 마음이 싸늘하게 식어 가는 참인데, 오늘의 집회를 주관한 벽풍당의 당주 철인 이장보가 나서며 말했다.

"실로 갑작스러운 초빙에도 불구하고 이렇듯 다들 모여 주셔서 대단히 감사합니다. 다들 바쁘신 분들이니, 각설하고 말씀드리겠습니다. 사전에 알려 드린 대로 오늘 이 자리는 낙양무림의 흑도를 관장하시는 여러분들의 미래가 걸린 사안을 논의

하는 자리입니다. 그 점을 논의하기 위해서 특별한 귀빈 한 분을 초청했는데…….”

말꼬리를 흐린 이장보가 사전에 얘기한 대로 모옥의 문으로 시선을 주며 설무백을 소개했다.

“다들 아시리라 봅니다만, 설무백, 설 대협입니다.”

설무백은 모옥의 문을 열고 밖으로 나섰다.

이장보의 말을 듣고 잠시 크게 술렁거리던 장내가 찬물을 끼얹은 것처럼 조용해졌다.

설무백은 그게 아랑곳하지 않고 모두의 앞으로 나서며 인사도 없이 무심한 어조로 용건을 밝혔다.

“다름이 아니라, 오늘부로 여기 낙양에서 소자방이 사라진다!”

“뭐, 뭐시라……?”

등적이 황당해했다.

너무나도 졸지에, 그야말로 맑은 하늘에 날벼락처럼 느닷없이 들은 얘기라 뒤늦은 반응이었다. 소자방의 나머지 무리도 그랬고, 하다못해 다른 무리도 다르지 않았다.

다들 어리둥절해하다가 뒤늦게 눈빛이 변했다.

이게 대체 무슨 상황인지, 혹시 잘못 들은 것은 아닌지 인지할 시간이 필요했던 것이다.

설무백은 그러거나 말거나 아무렇지도 않게 그들을 둘러보며 다시 말했다.

"경고하는데, 지금부터 그 자리에서 한 발짝도 움직이지 마라. 조금이라도 움직이는 자는 소자방을 도우려는 것으로 간주하고 가차 없이 죽일 거다."

등적을 비롯한 소자방의 요인들이 이제야 사태를 명확히 인식한 듯 분노한 눈길로 설무백을 노려보았다.

와중에 등적이 이를 갈며 소리쳤다.

"이런 미친……! 대체 네놈이 뭐라고 그따위 망발을 지껄이는 거냐! 우리 소자방이, 나 등적이 고작 네놈의 말 한마디로 죽이고 살릴 수 있는 허접쓰레기인 줄 아느냐!"

다른 때 같았으면 무조건 공야무륵이 나섰을 테지만, 지금 설무백의 곁에는 공야무륵이 없었다.

하물며 늘 뒤에 시립해 있던 고고매는 물론, 안내자로 나섰던 녹산예와 일청도인의 모습도 보이지 않았다.

그들은 다들 설무백의 지시에 따라 모종의 임무를 수행하러 나선 상황인 것인데, 늘 그렇듯 명령을 받지 않은 철면신은 장승처럼 그대로 있었고, 유일하게 온전한 사람인 암중의 혈뇌사야는 그저 침묵하고 있었다.

사전에 나서지 말라는 설무백의 지시가 있었던 것이다.

다만 그런 상황과 무관하게 등적은 부릅뜬 두 눈, 사나운 외침과 달리 선뜻 나서지는 않고 있었다.

다른 사람들도 눈치만 보았다.

당연한 반응이었다.

누가 뭐래도 작금의 설무백은 강호무림의 정점에 서 있는 사람들 중 하나였다.

이유 여하를 불문하고 설무백은 일개 지방의 흑도가 감당하기에는 너무나도 두려운 존재인 것이다.

설무백은 그런 그들을 태도와 무관하게 슬쩍 앞으로 한걸음 나섰다.

"……!"

등적은 흠칫하며 순간적으로 한걸음 물러나고는 이내 얼굴을 시뻘겋게 붉혔다.

"이런 니X……!"

쌍욕이 절로 나왔다.

안 그럴 수가 없었다.

그도 산전수전 다 겪으며 싸울 만큼은 충분히 싸워 본 사람이었다.

그런데 수치스럽게도 고작 약관을 조금 넘어 보이는 젊은 애송이가 다가서는 존재감에 놀라서 토끼처럼 겁을 먹어 버린 것이다.

설무백이 그런 그를 향해 무심히 말했다.

"충고 하나 해 주마. 도망쳐라. 끝내 본색을 숨긴 상태로는 불가능할 테지만, 본색을 드러낸다면, 지금 네가 감추고 있는 마공을 사용한다면 어쩌면 내손에서 도망칠 수 있을지도 모르겠다. 그마저 가능성이 희박하긴 하다만, 없는 것보다는 낫지 않느냐."

붉게 달아오른 등적의 안색이 다시금 변했다.

이번에는 새파란 독기가 뿜어져 나오는 모습이었다.

그는 이내 마음을 굳힌 듯 싸늘해진 기색으로 내뱉듯 말했다.

"건방진 새끼! 네가 설무백이면 대수냐! 세상 소문이 얼마나 터무니없는 것인지 오늘 내가 이 자리에서 증명해 주마!"

말이 끝나기도 전에 그의 신형이 지상을 막차고 높이 솟구쳤다. 그리고 족히 서너 장이 넘는 정점에 이르러 먹이를 노리는 매처럼 설무백을 향해 하강했다.

설무백을 향해 내밀어지는 등적의 손에는 어느새 뽑아 든 네모난 육도(肉刀)가 쥐어져 있었고, 그 육도의 서슬이 경기에 휩싸이며 빛을 발하는 순간, 그의 입가에 미소가 떠오르고 있었다.

등적의 별호인 소리장도(笑裏藏刀)는 원래 예로부터 내려오는 사자성어(四字成語)였고, 웃음 속에 칼을 감추다 또는 겉으로는 웃고 있으나 마음속에는 해칠 마음을 품고 있다는 뜻을 가졌다.

사용하는 병기는 지극히 평범한 육도지만, 살기를 품을 때마다 미소를 보이는 습성 때문에 그가 소리장도라는 별호를 얻은 것이다.

그러나 웃으며 손을 쓰든 울면서 손을 쓰든지 간에, 설무백의 눈에 들어온 등적의 공격은 평범하기 짝이 없었다.

고수의 눈에 들어온 하수의 동작은 아무리 좋게 봐도 평범하기 마련인 것이다.

무엇보다도 느렸다.

다른 사람들의 눈에는 빠르게 보일지 모르나, 그의 눈에는 그랬다.

그만의 시간과 공간에서 쇄도하는 등적을 바라보는 설무백의 뇌리에는 방어와 공격을 동시에 할 수 있는 수십 가지의 효과적인 수법이 동시에 떠올랐다.

설무백은 그중에서 가장 단순하면서도 가장 효과적인 방법을 선택해서 사용했다.

손을 내밀어서 머리 위로 떨어져 내리는 등적의 목을 움켜잡고 그대로 바닥에 처박는 수법이었다.

쿵-!

둔탁한 소음이 터졌다.

등적의 몸이 등부터 땅에 처박히는 소리였다.

설무백이 선택한 방법 그대로 등적이 뻗어 내는 육도의 서슬 아래로 손을 들이밀어서 그의 목을 움켜잡으며 그대로 바닥에 찍어 누른 것이다.

"컥!"

등적이 크게 입을 벌리며 사지를 부르르 떨었다.

엄청난 충격에 한순간 사지가 마비되어 버린 것이다.

"본색을 드러내라니까 그러네."

설무백은 고통에 겨워하는 등적의 눈을 내려다보며 무심하게 한마디 했다.

그처럼 상체를 숙이고 있는 그를 향해서 소자방의 당주들과 향주들의 공격이 집중되었다.

등적을 구하려는 모양인데, 그들은 등적처럼 괜한 잔머리를 굴리느라 본색을 감추는 짓은 하지 않았다.

즉시 마공을 사용한 것이다.

"흑살마정(黑殺魔釘)!"

누군가 그것을 알아보고 외쳤다.

흑살마정(黑殺魔釘)은 흑살마장(黑殺魔掌), 흑살마검(黑殺魔劍)을 포함한 마교의 대표적인 마공인 흑살마공(黑殺魔功)에 기인한 암기술이었다.

피슝—!

동시에 예리한 파공음이 설무백의 등을 향해 날았다.

소자방의 두 당주가 쏘아 낸 암기, 송곳처럼 뾰족한 서슬에 해골 머리를 가진 강철못인 흑살마정이었다.

나머지 네 명의 향주도 공격에 나서고 있었다.

일개 지방의 흑도가 펼치는 경공술이라고는 보기 어려울 정도로 기민하게 움직이며 쇄도하는 그들 중 두 명의 칼날에는 검붉은 안개와도 같은 마기가 흘렀다.

흑살마검이었다.

다른 두 명은 맨손이었으나, 그들의 손은 다른 두 명의 칼날보다도 더 진한 마기가 뭉클거렸다.

흑살마장을 펼치는 것이다.

"조심!"

졸지에 그들의 합공을 받는 설무백을 보고 뒤로 물러나 있던 여상이 짧은 경호성을 뱉어 냈다.

마공이 발하는 특유의 섬뜩한 위압감에 적잖이 놀란 것이다.

그러나 그것은 설무백의 진정한 능력을 제대로 몰라서 하는 노파심에 불과했다.

"그래, 그래야지."

설무백은 고개를 숙인 자세 그대로 몸을 놀리며 손을 뻗어 내는 와중에 상대의 반응을 치하하는 여유까지 부렸다.

실제로 그는 그 정도의 여유가 있었다.

섬광처럼 날아오던 십여 개의 흑살마정이 그의 손아귀로 빨려 들어왔다. 그리고 다시 튕겨 나갔다.

팍-!

미세한 파공음과 함께 허공으로 떠올라 있던 두 당주가 한순간 움찔했다.

무엇이 어떻게 돌아가는 것인지 몰라서 당황하는 기색인데, 이내 그들의 입에서 찢어지는 비명이 터졌다.

"크아악!"

뒤늦게 찾아온 고통, 그 뒤로 그들의 가슴과 배에서 피 화살이 뿜어져 나왔다.

설무백이 되돌린 흑살마정에 관통당한 것이다.

화살 맞은 새처럼 추락하는 그들 아래로 어느새 움직인 설무백이 낮게 달렸다.

좌우에서 협공하는 향주들의 중동을 파고 들어가는 것인데, 동시에 그의 손이 휘둘러졌다.

그저 손을 휘두르는 하나의 동작으로 보였으나, 실제는 그렇지가 않았다.

퍽—!

우선 먼저 쇄도한 흑살마장이 그의 손짓 아래 미약한 폭음으로 소멸되었다.

그 뒤를 따르던 검붉은 칼날들, 두 개의 흑살마검이 그의 맨손에 잡혔다.

쩡—!

칼날이, 마땅히 설무백의 손아귀를 찢으며 지나가서 심장에 꽂혔어야 했을 흑살마검이 그의 순간과 동시에 거친 금속성을 터트리며 박살 나 버렸다.

그리고 오직 한 방향으로, 바로 칼을 쥐고 있는 두 명의 향주를 향해서 비산했다.

"크아아악……!"

두 명의 향주가 껍질이 벗겨진 어육처럼 피투성이로 변해서 저 멀리 날아갔다.

생사를 확인할 필요도 없는 즉사였다.

설무백의 손은 그 와중에 새로운 방향으로 움직이고 있었다.

바로 흑살마장이 막히자 기겁해서 물러나며 재차 장심을 뻗어 내는 두 향주를 향해서였고, 그게 한 동작처럼 보이는 그의 손짓의 마무리였다.

두 향주를 가리키던 그의 손이 검지만을 남긴 채 가볍게 말아 쥐어지며 곧게 뻗어진 검지가 빛을 발했다.

순간!

퍽-!

재차 흑살마장을 펼치려던 두 향주의 이마에 붉은 점이 생기며 뒤쪽으로 피 화살이 튀어나갔다.

무극지였다.

두 향주가 뻣뻣하게 굳어지며 뒤로 넘어갔다.

설무백은 자세를 바로하고 있었다.

장내에 죽음과 같은 침묵이 내려앉았다.

암중의 혈뇌사야를 제외하면 장내에 있는 사람들 중 설무백의 동작을 제대로 파악한 사람은 하나도 없었다.

모두가 경악과 불신에 휩싸인 채 겁먹은 눈으로 그를 바라만보고 있었다.

하다못해 낙양대협 여상마저도 가공할 그의 신위에 넋이 나간 사람처럼 굳어진 모습이었다.

설무백은 그런 장내의 분위기에 아랑곳하지 않고 나머지 흑도들을, 바로 대양방과 흑수당, 오도회의 수뇌들과 그 예하의 측근들을 둘러보며 물었다.

"이제 내 말을 믿겠지?"

삼대 흑도의 수뇌들이 귀신에 홀린 표정, 두려움에 잠긴 눈빛으로 무작정 고개를 끄덕였다.

공포에 눌린 듯 대답조차 하지 못하고 있었다.

설무백은 그들을 향해 한마디 더했다.

"그럼 이것도 이해해 주길 바란다."

말과 동시에 들린 그의 손이, 정확히는 곧게 뻗어진 검지가 그들 사이를 가리켰다.

슝! 슈숭―!

정확히 일곱 번이었다.

설무백의 검지에서 백색의 서기가 명멸했다.

무극지가 발사된 것인데, 그 순간과 동시에 나머지 삼대 흑도의 요인들 중 일곱 명이 이마에 구멍이 뚫리며 비명도 지르지 못한 채 죽어서 쓰러졌다.

너무나도 간단해서 더욱 두렵고 공포처럼 느껴지는 광경이었다.

"……!"

나머지 삼대 흑도의 무리가 새파랗게 질린 표정으로 뒷걸음질 쳤다. 이미 설무백이 손을 거두었음에도 불구하고 정말이지 귀신을 보는 것처럼 설무백을 바라보고 있었다.

설무백은 그런 그들, 나머지 삼도흑도의 수뇌들과 그 측근들을 향해 진심을 담아서 공수했다.

"일단 한번 마기의 맛을 보면 좀처럼 헤어나기 힘들지. 뼈를 깎는 백일의 중진을 하루 만에 이룰 수 있으니까. 그 유혹을 넘어설 수 있는 사람이 아주 없지는 않으니, 마기만을 제거할 수도 있지만, 그러지 않고 그냥 죽인 것은 지금 내게 그만한 여유가 없기 때문이다. 이해해 주길 바란다."

설무백의 사과를 들은 장내의 모두가 뭐라고 이루 다 형용할 수 없는 감정에 휩싸인 듯 어정쩡한 표정으로 침묵했다.

자리를 비웠던 공야무륵과 고고매 등이 그들의 뒤로 나타난 것이 바로 그때였다.

누가 시키지도 않았는데, 장내의 모두가 옆으로 물러나서 길을 내주었다.

공야무륵이 그 길로 뚜벅뚜벅 걸어서 설무백의 곁으로 와서는 늘 그렇듯 무덤덤한 목소리로 보고했다.

"명령하신대로 처리했습니다. 요미의 안력으로 마공을 익힌 자들은 전부 다 색출해서 제거했고, 나머지는 낙양을 떠나라고 했으니, 이제 소자방은 없습니다."

"내 생각이 짧았어."
낙양을 벗어나는 길목이었다.

설무백은 잠시 더 낙양에 머물겠다는 여상의 배웅을 뒤로하고 걷다가 불쑥 전에 없이 무거운 안색으로 자책하고 있었다.

"소자방 애들을 두고 하는 말씀이시라면……."

"아니, 그게 아니라……."

"그럼 무슨 말씀이신지……?"

"강함에만 취해서 강호무림의 밑뿌리가 되는 자들의 능력을 간과하고 있었어. 나보다 약하다는 생각으로 무조건 무시하며 그들의 능력을 과소평가하고 있었던 거야."

"저기……."

공야무륵이 진땀을 흘리며 말을 받았다.

"아시다시피 제가 머리를 쓰는 건 좀 부족합니다. 조금 알기 쉽게 설명해 주시면 고맙겠습니다, 주군."

녹산예가 끼어들었다.

"바보네. 도움을 준 여상 대협과 용문사우를 두고 하시는 말씀하시는 거잖아요. 그렇죠?"

공야무륵이 정말 그런 거냐는 눈빛으로 설무백을 바라보았다.

설무백은 그렇다고 대답하며 부연했다.

"강호무림의 밑뿌리가 되는 군소 방파들을 무시하면 안 되는 거였어. 비록 거대 방파나 명문 정파에 비해 보잘 것 없어 보이기는 하지만, 그들도 저마다 나름대로의 수단과 방법을 가지고 있고, 그중에는 거대 방파나 명문 정파가 할 수 없는 것들도 있는 거야."

"이번 일처럼 말이죠?"

"그래, 이번 일처럼. 과연 내가 애초의 계획대로 나섰으면 어땠을까? 대체 얼마의 시간이 소요되고 또 얼마나 많은 사람들이 죽었을까?"

"시간은 몰라도, 벽풍당이 나선 것보다는 많은 애들이 죽어나가긴 했을 테죠. 걔들만 따로 불러냈다면 절대로 응하지 않았을 것이 뻔하고, 직접 쳐들어갔으면 그쪽 애들이 전부 다 죽자 살자 덤볐을 테니까요."

"분명히 그랬을 거야."

설무백은 무거운 낯빛으로 녹산예의 말을 인정하며 재우쳐 자책했다.

"그러니 내 생각이 짧았다는 거야. 아니, 오만했던 거지. 왜 이렇게 변했지, 내가?"

녹산예가 실소했다.

"무슨 말인지 이해는 합니다만, 그게 주군께서 이렇게나 몸서리치게 자책할 정도로 잘못한 일인 건지는 저도 잘 모르겠네요."

설무백은 단호하게 말했다.

"그 정도로 잘못한 거야. 작다고 괄시하고, 힘없다고 무시하다보면 결국 다수를 위해서 소수를 희생시키는 것도 정당하고 당연한 일이라고 생각하게 될 테니까."

녹산예가 놀란 표정으로 조개처럼 입을 다물었다.

아무리 상대가 누구라도 할 말은 하는 기질을 가진 그녀지만, 설무백의 목소리에 실린 강경함을 느끼자 옳고 그름을 따지기에 앞서 감히 입도 벙긋할 수가 없게 되어 버린 것이다.

공야무륵이 그런 그녀의 태도와 무관하게 과연 그렇다는 표정으로 고개를 끄덕이며 말했다.

"사실 어느 곳이나 밑바닥 인생을 무시할 수는 없지요. 어느 명문이 발호하고, 어느 거파가 천하를 장악해도 기저에는 잡초처럼 끈질긴 생명력을 가진 그들이 굳건하게 존재하고 있으니까요."

그리고 끄덕이던 고개를 갸웃하며 재우쳐 물었다.

"하지만 용문사우, 개들은 그 정도 하류 인생이 아니지 않나요? 여 대협의 제자라서가 아니라, 홍등가 출신의 삼류라지만, 그 어떤 사승내력을 가진 문파의 제자가 아님에도 자기들끼리 피나는 수련을 거쳐서 스스로 자신들의 입지를 다진 점은 정말 인정하지 않을 수 없습니다. 물론 뒤늦게 여대협을 사사했음에도 지금과 같은 경지를 이룬 점도 대단하고 말입니다."

녹산예가 이때다 싶은 표정으로 공야무륵을 향해 끌끌 혀를 차며 나섰다.

"새겨들어요, 좀. 주군이 지금 용문사우를 두고 하는 말이 아니잖아요. 산을 보고 계시는데 왜 나무를 따지고 그래요. 하여간 쓸데없이 진지하다니까."

"그런가……?"

공야무륵이 무색해진 표정으로 머리를 긁적이며 수긍하다가 문득 미간을 찌푸리며 녹산예를 바라보았다.

"근데, 너는 어째 나를 구박할 때만 그리도 눈이 초롱초롱해지냐?"

녹산예가 배시시 웃는 낯으로 중년미부의 농염한 눈빛을 드러내며 대꾸했다.

"좋아서 그러죠. 몰랐어요?"

"……!"

말문이 막힌 표정인 공야무륵의 얼굴이 붉어졌다.

화를 내는 것이 아니라, 소위 거친 사내의 수줍음이라는 것이었다.

다른 건 몰라도 여자에 대해서는 아무것도 모르는 문외한이 그인 것이다.

시종일관 침묵하고 있던 요미가 불쑥 나서며 놀라워했다.

"어라? 저걸 믿네?"

녹산예가 힐끗 요미를 보며 웃었다.

"진짠데?"

공야무륵의 얼굴이 더욱 시뻘겋게 달아올라서 손가락으로 톡 건드리기만 해도 터져 버릴 것 같은 홍시처럼 변했다.

설무백이 그 순간에 나서며 한마디 해서 샛길로 빠진 대화를 바로잡았다.

"남은 놈들도 같은 방식으로 처리하자."

갑작스럽게 나온 말임에도 불구하고 녹산예가 예리하게 이해하며 확인했다.

"여기 낙양에서처럼 말이죠?"

"그래."

설무백은 잘라 말했다.

"한번 알아봐. 규모는 작아도 좋으니, 토착세력으로서 뿌리 깊은 연고를 가지고 있는 방회들로."

이 말이 시작이었다.

낙양에서 벌어진 사건이 소문으로 번지기 시작할 무렵, 중원 각지에서 그와 유사한 사건이 지속적으로 벌어졌다.

다만 그 사건들이 마교가 중원에 심어 놓은 간자들과 적지 않은 시간을 투자해서 포섭한 하수인들을 소탕하는 싸움이라는 것을 아는 사람은 매우 드물었다.

그리고 그사이, 아는 사람들만 아는 중원무림의 거사일은 예정대로 두 번이나 더 뒤로 미루어졌다.

어두운 밤.

대낮이었다면 저 멀리 기련산의 능선이 아련하게 보였을 감숙성 주천부의 남쪽인 초원 지대에 대여섯 평 남짓의 아담한 공간을 가지고 십여 장이나 높이 세워진 누각이었다.

누각의 이름은 소천단(小天壇), 하늘의 신께 제를 올리는 일종의 제단이었다.

고래로부터 황제는 궁성을 중심으로 동서남북에 해와 달, 하늘과 땅의 신에게 제를 올리는 제단을 설치하고 각각 일단(日壇)과 월단(月壇), 천단(天壇)과 지단(地壇)이라고 명명했는데, 지방에 거하는 친왕(親王)들도 이를 모사해서 저마다 도성의 동서남북에 그와 같은 제단을 설치하는 경우가 있었으나, 감히 그 이름을 그대로 쓰지 못하고 이름 앞에 작다는 의미의 소(小)자를 붙였다.

즉, 소천단은 바로 과거 주천부 일대에 거하던 친왕이 하늘의 신께 제를 올리는 제단인 것이다.

그러나 오늘 사방에 화로와 횃불을 밝혀 둔 소천단에는 친왕의 자리에 마교총단의 이공자인 악초군이 알몸으로 누워 있고, 제를 올리는 도사들의 자리에는 상체를 드러낸 채 무릎 꿇고 있는 오십여 명의 소녀들과 그 뒤에 시립한 검은 옷을 입은 열 명의 라마승과 붉은 옷을 입은 한 명의 라마승, 바로 소뢰음사의 주지인 삼안혈불 초등이 자리해 있었다.

"옴 바라 자자 카아 자……."

검은 옷의 라마승들이 읊조리는 짧은 구절의 기도문이 거센 바람에 흔들리는 횃불처럼 위태로우면서도 음울한 느낌으로 장내를 잠식했다.

하지만 무릎을 꿇은 채 두 손을 모으고 있는 오십여 명의 소녀들은 어디까지나 무심했다.

아니, 무심한 정도를 넘어서 마치 머리를 타고 넘은 호리정(狐狸精:여우 귀신)에 홀린 것처럼 초점을 잃는 모호한 눈빛으로 멍하지 앉아 있었다.

그러던 어느 한순간.

탁탁—!

삼안혈불이 수중에 들고 있던 해골 문양의 부채를 접어서 소리를 냈다.

그게 신호했다.

기도문을 읊조리던 검은 옷의 라마승들이 줄지어 앉아 있는 소녀들의 앞으로 나서며 포개고 있던 두 손을 풀었다.

풀어진 그들의 손에는 주변을 밝힌 횃불의 불빛을 받아 백골처럼 희뿌연 광채를 내뿜는 단도가 한 자루씩 들려 있었다.

라마승들은 치렁치렁하게 늘어진 검은 옷을 입고 있을 뿐, 지극히 평범한 용모였는데, 오직 하나 두 눈만큼은 예사롭지 않았다.

하나같이 피처럼 붉게 빛나는 눈이었다.

"옴 바라 자자 카아 자……!"

라마승들의 암송이 높아졌다.

그러자 무릎 꿇고 있던 소녀들이 스르르 뒤로 누웠다.

라마승들이 움직였다.

그들은 아무렇지도 않게 밤하늘을 향해 드러누운 소녀들의 가슴을 칼로 후벼 파서 심장을 끄집어내기 시작했다.

비명은커녕 신음 하나 없었다.

소녀들은 분명 살아 있음에도 죽은 사람처럼 꼼짝도 하지 않은 채 자신들의 심장이 빠져나가는 것을 멍하니 바라보고 있다가 서서히 죽음을 맞이하고 있었다.

이윽고, 모든 소녀들의 심장을 취한 라마승들이 아직 살아서 꿈틀거리는 소녀들을 등지고 돌아서서 단상에 알몸으로 누워 있는 악초군에게 다가갔다.

그리고 저마다 수중의 심장을 쥐어짜서 그 핏물을 악초군의 입에, 얼굴에, 몸에 뿌렸다.

츄르르르륵―!

진득한 핏물이 설무백의 입으로, 얼굴로, 몸으로, 그야말로 전신의 피부로 빠르게 흡수되기 시작했다.

뭐라고도 형용할 수 없이 붉은 덩어리, 사이하고 요사스러운 핏빛 광채가 그의 전신에서 발하기 시작한 것도 그때였고, 보는 이들의 심장이 멈추도록 끔찍한 공포의 기운이 장내를 짓누르기 시작한 것도 그때였다.

속칭 천마불사심공이라 불리는 천마신공은 일정 경지에 다다르게 되면 반드시 사람의 정기(精氣)을 흡수해야만 그 이상의 경지로 오를 수 있다.

특히 그 경지가 팔 단계를 넘어서 구 단계로 다시 대성이라 말하는 십 단계로 올라가기 위해서는 필히 동녀(童女)를 죽여 가며 그 정기로 수련해야만 한다.

천마로 이름을 날린 전대의 마교주들이 전부 다 그렇게 했다.

딱 한 사람, 전대 마교주인 천마대제는 이를 부정하고 거부하며 어떻게든 자력으로 돌파하려고 길고 긴 폐관수련에 들었으나, 결국 실패하는 바람에 끝내 그에 따른 부작용으로 귀천했으니, 절대적으로 다른 길은 없다고 봐야 했다.

다만 악초군은 직접적으로 동녀들의 정기를 흡수해서 비약하는 기존의 수단을 거부했다.

잔인해서가 아니라 그마저도 너무 느리다고 생각해서였다.

그래서 시행된 것이 지금 벌어지고 있는 사악하다 못해 처절한 방법이었다.

지금 악초군은 보다 더 빠르게 천마신공을 대성하기 위해서 기존의 수법에 소뢰음사의 사악한 대법을 결합시킨 방법을 사용하고 있는 것이다.

효과는 절대적이었다.

"아……!"

악초군은 사전에 삼안혈불이 알려 준 대법의 구결에 순응하며 서서히 진기를 끌어 올리는 와중에 절로 환희에 차올라서 입을 벌렸다.

무궁무진(無窮無盡)하게 샘솟는 진기의 비등(沸騰)으로 인해 남녀 간의 정사에서 맞이한 절정보다도 더 진한 쾌감이 그의 전신을 몸서리치게 하고 있었다.

대법을 시작할 때는 죽을 아이들의 눈빛 때문에 일말의 거북함이 있었지만, 지금은 그런 감정이 전혀 없었다.

그저 마냥 기쁘고, 그저 마냥 행복했다.

지금 그가 느끼는 감정의 기반이 오십여 명의 목숨이라는, 그것도 아직 피어나지도 못한 어린 소녀들의 생명이라는 것은 전혀 대수롭지 않게 느껴졌다.

닭을 잡아서 삶아먹는 사람이 닭의 생명을 두고 안타까워하지는 않는 것이다.

지금 그에게 소녀들의 생명은 그와 같았다.

하물며 그녀들은 자진해서 희생을 선택했다.

비록 그녀들의 선택이 소뢰음사의 사이한 술법에 기인한 것이라는 사실을 모르는 바는 아니나, 그건 그가 상관할 바가 아니었다.

사람은 누구나 다 스스로의 선택에 책임을 져야 한다.

설령 그것이 다른 무엇의 유혹에 의한 것일지라도 당연히 그래야 한다.

적어도 그는 생각하고 있었다.

그래서 지금의 악초군은 그저 너무 기쁘고, 너무 행복했다.

그냥 이대로 죽어 버려도 여한이 없을 것만 같은 환희의 순간이었다.

그러나 과한 것은 차라리 부족한 것만 못하다는 말이 있다.

악초군은 그 정도는 충분히 숙지하고 있을 정도로 명석한 두뇌의 소유자이기에 감정을 억누르는 노력을 기울였다.

그 때문인지는 몰라도, 환희의 감정 뒤로 이유를 알 수 없는 분노가 스멀스멀 찾아왔다.

눈에 보이는 모든 것을 부수고, 죽여 버리고 싶다는 충동을 일으키는 분노였다.

물론 걱정할 일은 아니었다.

오히려 기뻐해야 할 일이었다.

환희의 감정과 마찬가지로 분노의 감정마저도 충분히 억제할 수 있는 능력을 가졌기 때문이기도 했지만, 그에 앞서 지금 겪고 있는 현상이 마공의 경지를 좌우하는 마성이 극도로 높아지면서 그 자신이 마인(魔人)에서 마귀(魔鬼)로, 다시 마신(魔神)으로 바뀌어져 가는 과정임을 느끼고 있었기 때문이다.

'남은 다섯 차례의 대법을 끝내고 나면 내가 어떻게 변할지 정말 기대가 되는군그래!'

악초군의 요구를 들은 삼안혈불은 칠주야 주기로 벌이는 열 번의 대법을 추천했다.

오늘이 벌써 다섯 번째의 대법이니, 남은 다섯 번의 대법을 끝내면 정말로 천마신공의 대성을 기대해 볼 수도 있었다.

환희와 분노라는 서로 상반된 감정의 회오리 속에서도 기쁨을 누리던 그가 이내 운기를 끝내고 더 할 수 없이 진한 핏빛 광채에 젖은 몸을 일으킬 때였다.

나름 어렵사리 평정을 되찾은 그에게 더 이상 감정을 조율하기 어려운 사태가 벌어졌다.

예고도 없이 장내로 뛰어든 마교총단의 요인 하나가 실로 불쾌한 소식을 그에게 전했던 것이다.

"모든 계획이 실패로 돌아간 것 같습니다. 십천세의 그 누구도 죽지 않았고, 귀환자는 없습니다."

악초군은 지금 기분이 매우 묘했다.

순간적인 분노를 참지 못하고 급히 달려와서 보고한 마교총단의 요인을 일 장에 때려죽였기 때문이다.

상대가 그렇게 허약할 줄 몰랐다.

아니, 자신이 이렇게 강해졌을지 몰랐다.

그 바람에 그는 여전히 불쾌하면서도 더는 분노가 일어나지 않는, 왠지 모르게 기쁜 것 같기도 한 오묘한 감정에 휩싸여 버렸다.

분노의 감정을 피로 씻어 냈기 때문이 아니라, 울컥해서 앞뒤 안 가리고 일장에 때려죽여 버린 상대가 바로 마교총단의 단주인 홍인마수 혁련보의 최측근인 마운귀자 구겸이라는 사실을 뒤늦게 인지했기 때문이었다.

구겸은 마교총단에서 능히 백대 고수에 꼽힐 정도의 고수였다. 제아무리 무방비 상태였다고는 하나, 그의 일장도 견디지 못하고 죽어 나자빠질 위인이 절대 아니었다.

그런데 그런 구겸이 실로 속절없이 죽어 버렸다.

고작 그의 일장도 감당하지 못하고 마차 바퀴에 깔린 개구리처럼 배가 터져서 내장을 드러내는 처참한 모습으로 뻗어 버렸다.

분명 아직 가슴속에는 사그라들지 않은 분노가 여전했으나, 혁련보와의 관계를 생각해서라도 더는 분노할 수도, 그렇다고 새로운 경지로 접어든 자신의 무력에 기뻐할 수도 없는 상황이었다.

나중에는 몰라도 아직은 그에게 혁련보가 필요한 사람이기에 더욱 그랬다.

그는 애써 그와 같은 기분을 삭이느라 적잖은 노력을 기울이다가 불쑥 말했다.

"의복!"

갑작스러운 상황과 어수선한 분위기에 당황한 듯 조용히 눈치만 보고 있던 삼안혈불이 슬쩍 고개를 돌려서 검은 옷의 라마승들에게 눈짓했다.

라마승들 중 하나가 재빨리 나서서 들고 있던 백의를 악초군에게 건넸다.

악초군은 의복을 걸치며 물었다.

"혁련 단주는 지금 어디에 있지?"

어디선가 대답이 들려왔다.

일악의 목소리였다.

"구겸을 보냈으니, 비마전(秘魔殿)에서 주군을 기다리고 있을 겁니다."

삼안혈불이 움찔했다.

애써 내색을 삼가고 있지만, 놀라고 당황한 기색이었다.

자신에게 건네는 질문이라고 생각했던 것이다.

전에 없던 반말이지만 지금의 분위기로는 충분히 그럴 수 있었다.

그런데 일악의 대답이 들려왔다.

그는 암중에 일악이 있었다는 사실을 전혀 감지하지 못하고 있었던 것이다.

악초군이 그런 그의 반응을 아는지 모르는지 대충 걸친 의복을 휘날리며 돌아섰다.

"비마전으로 가죠?"

본디 비마전은 마교총단의 정보를 총괄하는 조직으로, 마교총단에 있는 진짜 비마전은 그 거창한 이름에 어울리는 거대한 전각이었다.

하지만 지금의 그들은 총단을 떠나와서 주천부에 있는 일개 장원에 주둔해 있었고, 그 바람에 장원의 후원에 자리한 작은 소축이 그 이름을 가지고 있었다.

악초군이 거기 소축에 도착했을 때, 혁련보는 서너 명의 요인들과 함께 있다가 그를 맞이했다.

일악의 말마따나 구겸을 보내고 나서 기다리고 있었던 것이
다.

"어서 오시오. 본인이 직접 가서 알리려다가 아무래도 조금
더 파악해 볼 것들이 있어서 그냥 구겸을 보내고 여기서 기다
리고 있었소. 아무래도 이번 사태는……!"

"그전에……."

악초군은 슬쩍 손을 들어서 혁련보의 말문을 막고는 구겸의
죽음을 알렸다.

"내가 구겸을 죽였어요."

"……?"

혁련보가 이게 무슨 말인가 싶은 표정을 지으며 어리둥절해
했다.

악초군은 상관하지 않게 계속 말했다.

"시기가 좋지 않았어요. 막 대법이 끝난 시점이라 한순간 마
성을 제어하지 못했지 뭡니까."

"……."

혁련보가 말문을 열지 못하고 침묵을 유지했다.

설명할 수 없는 감정의 흐름이 격류가 되어 흐르는 바람에
선뜻 말문이 열리지 않는 것 같았다.

이해할 수 있는 반응이었다.

구겸은 그가 가장 아끼는 수하였고, 악초군은 이제 명실공히
그가 받들어 모셔야 할 마교의 후계자였다.

아쉬워도 분해도 그의 입장에선 화가 나도 화를 낼 수 있는 상황이 아니었다.

"음."

혁련보는 애써 침음을 흘렸다.

화를 내고 싶은 아찔한 후유증이 그렇듯 침음으로 드러난 것이다.

이윽고, 그는 무덤덤한 어조로 말문을 열었다.

"구겸은 정말 쓸 만한 아이였소. 충직하고, 또 머리가 빠릿빠릿해서 무슨 일을 시켜도 쓸데없는 걱정을 안 하게 했소. 그러니 이공자가 그만한 아이를 하나 구해 주면 고맙겠소."

그는 말미에 노련하게 웃으며 덧붙였다.

"요즘은 정말 손이 달려서 말이오."

악초군은 가볍게 따라 웃으며 대답했다.

"알겠습니다. 각별히 신경 써서 정말이지 쓸 만한 아이를 구해서 보내 주도록 하지요."

"부탁드리오."

혁련보가 그것으로 족하다는 듯 활짝 웃으며 대꾸하고는 대수롭지 않게 말문을 돌렸다.

"아무려나 아까 하던 얘기로 돌아가서, 아무래도 이번 사태에 배후가 있는 것 같소이다."

"배후요?"

악초군은 절로 고개를 갸웃했다.

"자객을 보냈는데 실패했어요. 거기에 무슨 배후를 따질 여지가 있다는 겁니까?"

혁련보가 자신의 생각을 강하게 피력했다.

"한군데나 두 군데, 혹은 많이 잡아서 서너 군데만 실패했다면 그렇게 넘어갈 수 있소. 하지만 아니오. 지금까지 확인된 바에 따르면 거의 모든 애들이 실패했고, 또 하나같이 행방불명이오. 단시 실패한 것이 아니라 다들 그 자리에서 죽었다고밖에 볼 수 없는 상황이외다."

"……!"

"우리 애들은 그리 약하지 않고, 저들은 그리 강하지 않소. 비록 소수지만 악인대까지 동원하질 않았소. 우리의 계산이 틀릴 가능성은 그야말로 무에 가깝다는 소린데, 결과는 역으로 우리의 가능성이 무가 되어 버린 것이오."

"……!"

"이건 필시 누군가 사전에 우리의 계획을 내다보고 철저히 대비했다고밖에는 볼 수 없는 일인 거요."

악초군의 안색이 서서히 싸늘해졌다.

혁련보의 얘기를 듣다 보니 절로 꼴도 보기 싫은 놈의 낯짝이 떠올랐기 때문이다.

바로 설무백이었다.

"혹시……?"

"혹시가 아니라, 분명 그놈이오!"

혁련보가 씹어뱉듯 잘라 말했다.

"설무백 그놈의 짓이 분명하오!"

악초군은 지그시 어금니를 악물었다.

그의 두 눈이 절로 시퍼런 광망에 휩싸이고 있었다.

혁련보는 크게 놀랐다.

악초군의 분노는 단지 분노로만 느껴지지 않았다.

그로서도 쉽게 감당하기 어려운 기운이 악초군의 전신에서 폭사되고 있었다.

이런 건 정말 처음이었다.

지금의 악초군은 사흘 전에 그가 보았던 그 악초군이 아니었다.

사람은 같아도 능력이 달랐다.

정확히는 지닌 바 마기가 전혀 다른 사람의 것이었다.

'이 정도의 마기는 생전의 천마대제에게서나……!'

혁련보는 못내 몸서리를 쳤다.

사도(邪道)의 정점에 서 있다는 소뢰음사의 절대사공을 무시하지는 않았지만, 설마 이 정도일 줄은 정말 몰랐다.

그래서 그는 악초군에게 감히 마공의 하늘인 천마신공을 속성으로 익히기 위해서 소뢰음사의 사공대법을 가미한다는 얘기를 들었을 때, 못내 반대는 하지 않았지만, 별반 기대도 하지 않았다.

어느 정도 차이는 있을 테지만, 그 차이가 실로 미비해서 해도 그만 안 해도 그만일 텐데, 괜한 시간 낭비라고 생각했던 것이다.

그런데 그의 예상이 틀렸다.

놀랍다 못해 어처구니가 없을 만큼 지금의 악초군은 과거 천마대제에게서나 느낄 수 있었던 마기의 위압감을 발산하고 있었다.

이는 그의 천마신공이 최소한 구 성의 경지를 내다보고 있다는 방증이었다.

'허허, 이를 어쩐다?'

혁련보는 내심 갈등했다.

그에게는 아직 악초군에게 해 주어야 할 말이 있었다. 그리고 그것은 가뜩이나 분노하고 있는 악초군의 감정을 충분히 격발시키고도 남음이 있는 말들이었다.

뼈아프게도 악초군이 오랜 시간 공들여서 중원에 깔아 놓은 하수인들과의 연락이 끊어지고 있다는 사실이 바로 그것인데, 그는 이 또한 설무백의 개입으로 보고 있었다.

잠시 잠깐 동안 수십 번의 고민을 거듭하던 혁련보는 이내 마음을 다잡았다.

아무리 상황이 최악이라도 이건 그냥 넘어갈 수 있는 문제가 절대 아니었다.

"저기, 그리고……!"

이번에는 악초군이 그의 말을 잘랐다.

"내가 먼저 말하지요."

입을 다문 혁련보는 흔들리는 눈초리로 광망을 발하는 악초군의 눈빛을 마주했다.

당장이라도 거대한 화약고처럼 폭발할 것 같은 눈빛이라 불안하기 짝이 없었다.

그때 악초군의 입에서 실로 뜻밖의 말이 흘러나왔다.

"잠시 총단에 다녀올 생각이에요. 같이 가 주시겠습니까?"

"……!"

혁련보는 절로 두 눈이 휘둥그레졌다.

지금 악초군이 총단에 갈 일은 달리 없었다.

그동안 내내 강하게 거부하던 그의 의견을 따르겠다는 소리였다.

바로 그의 조언을 받아들여서 마교총단의 지하뇌옥에 감금되어 있는 전 단주인 악불군을 만나겠다는 뜻인 것이다.

"기꺼이……!"

혁련보는 실로 반색하며 대답했다.

"동행하겠소!"

⚜

마교가 발호하고 천하가 실로 어지러운 환란의 시대를 보내는 마당임에도 정작 마교의 본거지가 어디에 있는지 아는 사람은 거의 없었다.

마교의 행사는 그처럼 매사가 은밀하기 짝이 없는데다가, 마교에 소속된 마두나 마졸들에게는 총단의 위치를 발설할 수 없는 금제가 가해져 있었기 때문이다.

그러나 세상에 비밀은 없다는 옛 성현의 말씀은 실로 금과옥조(金科玉條)와 같은 금언(金言)이었다.

말하기 좋아하는 호사가들 사이에서는 마교의 행사가 이루어지는 시기와 장소, 그리고 그들의 이동경로 등을 계산해서 그들의 본거지가 대막 저 너머 신강(新疆)의 끝자락에 자리한 천산산맥(天山山脈)의 줄기 어딘가에 자리했을 거라는 숙덕거림이 공공연히 떠돌았는데, 실제로 그 말은 틀리지 않았다.

마교의 총단은 신강과 세외의 경계를 이루며 줄줄이 늘어선 천산산맥을 타고 서남쪽으로 이어진 능선을 따라 가다가 마주치는 첫 번째로 마주치는 도회지인 아도십(阿圖什)의 북쪽을 병풍처럼 두르고 있는 이차산(移差山)의 깊은 계곡에 자리했기 때문이다.

악초군과 혁련보가 소수 정예를 대동하고 그곳, 이차산의 초입에 도착한 것은 감숙선 주천부를 떠난 지 정확히 열흘 하고도 한나절이 지난 새벽이었다.

불철주야 쉬지 않고 달려온 것인데, 그럼에도 불구하고 그들은 지친 기색 하나 없었다.

다만 그들은 총단이 자리한 이차산의 계곡인 마류곡(魔流谷)

으로 들어가지 않았다.

이차산의 초입에서부터 우측으로 돌아서 이차산을 구성하는 여덟 개의 봉우리 중 가장 낮지만 가장 광범위한 지대를 차지한 우마봉(牛魔峰)의 기슭으로 진입했다.

그리고 대략 한 시진 후, 그들은 하늘조차 보이지 않는 밀림 속에 자리한 거대한 절벽을 마주했다.

까마득해 보이는 그 절벽의 중동에는 작은 동굴이 하나 있었다.

위에서도 아래에서도 어지간한 고수는 감히 내려서거나 올라설 엄두조차 내지 못할 정도로 아슬아슬한 위치에 자리한 그 동굴이 바로 마교총단의 죄인을 가두는, 바로 악불군이 가두어져 있는 뇌옥인 금마옥(禁魔獄)이었다.

물론 악초군과 혁련보의 일행 중 그 누구도 금마옥으로 들어서는 데 문제가 있는 사람은 없었다.

악초군과 혁련보를 비롯한 몇몇 요인들이 수직으로 날아올라서 금마옥으로 들었다면 그들을 따르는 자들은 벽을 차고 또 차는 방법으로 금마옥에 올랐다는 사실만 다를 뿐이었다.

"살아계실지 모르겠군요."

"살아계실 거요. 음식과 물은 충분히 제공하고 있고, 살고자 하는 그분의 의지도 차고 넘치니 말이오."

"복수를 위해서 말이지요."

"그보다는……."

대수롭지 않게 대화를 주고받던 혁련보가 슬며시 말꼬리를
흐렸다.

악초군이 그제야 눈치채며 비틀린 미소를 지었다.

"내가 깜박했군. 복수보다는 천마공자를 기다리느라 악착같
이 버티시는 거겠지."

그때였다.

동굴을 울리는 우렁우렁한 목소리가 들려왔다.

"그렇다고 복수를 잊은 것은 아니다. 그저 참고 또 참고 있
을 뿐이니라. 천마공자께서 돌아오시면 간단하게 해결될 문제
라고 생각하니까 말이다. 음하하하……!"

웃음소리에 동굴이 흔들리며 부스스 흙먼지가 떨어졌다.

엄청난 내공의 발현이었다.

"크으……!"

악초군의 뒤를 따르던 몇몇이 고통스러운 표정을 지으며 두
손으로 귀를 틀어막았다.

악초군이 코웃음을 쳤다.

"기력이 예전만 못하시네요. 이젠 간지럽지도 않은 걸요?"

웃음소리가 그쳤다.

악초군은 새삼 피식 웃으며 태연하게 발걸음을 옮겼다.

동굴은 직선으로 뻗어 있었고, 그 끝에는 거대한 철창이 가
로막은 원형의 공간이 자리하고 있었다.

자연이 만들어 놓은 동굴의 공동(空洞)이었다.

그리고 그 공동의 안쪽의 끝에는 굵은 쇠사슬로 사지를 결박당한 상태로 벽에 붙어 있는 노인 하나가 산발한 머리를 늘어트린 채 다가서는 악초군 등을 노려보고 있었다.

바로 마교총단의 전대 단주인 독수신옹 악불군이었다.

악초군은 철창으로 다가서서 싸늘하게 웃는 낯으로 악불군을 쳐다보며 말했다.

"그래요. 그러니까, 악 노야께서 저를 좀 도와주셔야겠습니다."

악불군이 지저분하게 늘어진 머리카락 사이로 검붉은 불꽃 같은 안광을 희번덕거리며 물었다.

"오래 살다보니 별 개소리를 다 들어 보는구나. 그래 그건 또 무슨 개소리인 거냐?"

악불군은 태연하게 어깨를 으쓱하며 대답했다.

"지금 이런저런 사정으로 우리 마교총단이 휘청휘청합니다. 잘하면 이대로 무너질 수도 있겠다 싶을 정도로 말입니다. 저야 뭐 마교총단이 무너지든 마교 자체가 무너지든 별 상관없습니다만, 악 노야께서는 조금 다르시지 않습니까."

그는 천연덕스럽게 웃으며 말을 덧붙였다.

"어떠한 경우라도 천마공자가 돌아오기 전에 마교총단이 무너지는 꼴은 절대 못 보실 게 아닙니까? 안 그렇습니까?"

검붉게 불타오르던 악불군의 눈빛이 크게 흔들렸다.

동시에 그의 사지를 결박하고 있는 굵은 쇠사슬이 쩔그럭 소리를 내며 흔들렸다.

그의 사지가, 아니, 전신이 부르르 떠는 바람에 쇠사슬을 흔들리는 것이다.

그야말로 정곡으로 폐부를 찔리고 막다른 골목으로 몰린 사람의 반응이었다.

이윽고, 그가 물었다.

"내가 무엇을 도와주면 되는 거냐?"

다음 권으로 이어집니다

천외천의
주인